理解他者　理解自己

也人

The Other

"河流远处的地平线,

　　　传来几声狗吠。"①

——费德里科·加西亚·洛尔迦

---

① 引自《死于黎明:洛尔迦诗选》(华东师范大学出版社,2016),王家新译。——译注,后同。

CONTENTS

目　录

第一章 / 001

第二章 / 029

第三章 / 067

第四章 / 095

第五章 / 123

第六章 / 171

第七章 / 179

第一章

6:00 A.M.

"我这么干真是疯了。"我在睡梦中听见这些字眼时,喉咙后部发出像鸽子般咕咕叫的声音,也就是咽喉与鼻子相接的地方,就是你受惊吓时会发紧的位置。我试着带你去我们的住处,我这么干真是疯了。

1000号公路穿城而过,向北延伸。车流昼夜不息,除非发生事故,或罢工者造成封锁。距市中心12公里、距海4公里处有一个区域,人们除非必要绝不停留。不是因为危险,而是因为它被遗忘了,就连那些确实在那停留过片刻的人也会在转瞬间将其遗忘。它空荡荡的,占地却不小。绕着跑一圈要花半小时,还得快步小跑。有传言说要在这里建一个体育场，且是迄今最大的，能容纳十万观众，下个世纪可以在那里办奥运会。其他人辩称，既然主机场在城市以东，那么在东边造体育场更合理。维柯说，投机者们在两个场地都下了赌注。我们那个叫圣瓦莱里，那就是我们要去的地方。

1000号公路上的车流可能致命。我沿紧急停车带走。我们只需要走到埃尔夫加油站，那是散发出高辛烷气味的地方——有点像钻石的气味。你从没闻过钻石？

一个月前，在中央车站后的某条街上，一群孩子朝一个露宿街头的老人泼了汽油，然后扔了根火柴。他在火焰中醒来。

"异端之死。"

"你他妈是什么意思？这个可怜的家伙分不清各个教派。"

"也许他的异端是没钱？"

到加油站时，我们走下斜坡，来到某天可能

会建起奥运体育场的荒地。没有什么词语能形容这荒地上的东西，因为上面的一切都被碾碎了，都是废弃物，而对于大部分碎片来说，是不存在什么专门叫法的。

冬去春来。夜晚依然寒冷，足以让没盖严实的身体发抖，但不再冷到要命。这是好事，不是吗？活着见到又一个春天。万物都在发芽。维卡的小萝卜长得不错。维柯在上面盖的塑料布帮了忙，但真正起作用的是我们偷来的土壤。维卡叫做维卡是因为她和维柯一起生活。

空地被当作垃圾场。碾碎的卡车，旧锅炉，坏掉的洗衣机，旋转式割草机，不再制冷的冰箱，开裂的洗脸池，也有灌木和小树丛以及坚韧的花朵，比如春侧金盏花和鸦葱。

我把这叫做我的山。三十年前他们在摧毁这里的旧建筑时，用了破碎球和吊缆。楼没有被压碎，它被撞翻了，因此垃圾山很容易爬上去。

在山顶，我不疾不徐地吠叫。随后，其他声

音变得更清晰了：一些孩子朝着阿德亚蒂娜街尖叫，一只麻雀让其他麻雀提防一只乌鸦，铁轨上一列开往北方的火车，微弱的轮船汽笛声，以及在万物背后的来自1000号公路的嚎叫。

所有的狗都会梦见森林，不管他们有没有去过，就连埃及的狗都会梦见森林。

我出生的街道散发着锯木厂的气味。他们把整棵树送到锯木厂，树干已经去皮，在十轮卡车上闪闪发光。

我在一条河的岸边接受最初的教育，他们在那里把沙砾装上驳船。一条大河，如同其他河流，在流动中展现了纯粹的冷漠。我曾见过它在一个夜晚带走三个孩子。

在森林中我无忧无虑。我沿小径前行，不管它们通向何方。我在高如教堂的松树间奔跑，跳过一道道树影，当我喘气时，我慢慢逛到了森林的边缘，在那里，姑娘们偷偷张望并等待男人们，而我就躺在草地上。

太阳落山时,森林充满黑暗,不是黑色,而是神秘,是黑暗的诱惑。譬如黑外套的黑,黑发的黑,某种你不知其存在于世的触感的黑。

尽管维卡不在我身边,我却听到了她的声音——这经常发生。

"国王,闭嘴,"她嘘道,"你不知道你在说什么!"

"我在谈性。"

"街上有强奸,没别的。"她说。

维卡和维柯有一件外套,挂在他们的床脚上方。在夜里,如果他们中的一个要出去,他或她就把外套穿上。在她身上,它看起来很大。而在他身上,你会觉得它是要自己出去拉屎;它把他完全盖住了。它衬了带毛的羊皮,颜色是一种脏脏的白,像撒了盐之后的雪。

维柯说这样的外套曾是瑞典军队的标配。它能让人在零下四十度的天气里保持温暖。他说他之所以知道,是因为有人联系过他的工厂,想委托他制作生产。

我不确定。这里的人们在谈论过去时,都会倾向于夸张,因为有时夸张也能让他们暖和一点。

我从垃圾山顶纵览圣瓦莱里全景。我了解这些住所,正如一个人了解他的穿着。圣瓦莱里像他们的羊皮外套那样在地上摊开。我们就住在圣瓦莱里这件"外套"里。冬天它能保住我们的性命,免得我们失温而死。在夏季的高温中,当我们脱衣洗澡时,它能遮掩我们。

维柯一家住在右袖口,一棵接骨木树差不多位于袖子纽扣的位置。杰克住在上方的衣领处。杰克是圣瓦莱里居民中唯一拥有地板和真正的排水系统的人。他是这里第一个居民,并且从不示弱。没人可以不经过他的同意就在这里定居,他还向每个人收地租。维卡每星期给他做一两次饭,那就是我们的租金。每当杰克需要时,在星期天以清理油罐卡车为业的马尔塞洛,就给他提供一个装满的煤气罐。他的房子不仅有地板,还有板条屋顶和一扇可以真正上锁的前门。如果你想闯入那里，最简单的办法是开一扇窗；他的窗户和我们的不一样，是能打开的。

穷人偷彼此的东西，就像富人那样。穷人通常毫不盘算就下手，他们的偷窃没有计划。每天穷人都想象自己时来运转。他们不相信真的会转运，但他们忍不住在心里想象，如果真的转运了会发生什么。假如那个时刻来临，他们不想错过。当他们发现一双鞋旁边的地上有一个打火机时，他们会占有它，好像是幸运女神亲手把它交给他们的。他们对自己说，这就是我们时来运转的迹象。当他们占有自己看到的东西时，他们不会想到**偷**。他们想的是**运气**。不，穷人不会预先计划他们做出的破坏。他们不会一边从水晶杯里喝酒并查看东京时间，一边记下每个细节。穷人在最后时刻做决定。

"你话太多了！"维卡喊道，尽管她不在这里。"你话太多了，国王，你什么都不懂！"

后领口附近住着安娜。水泥碉堡一直在那里,也许它曾容纳一台变压器。它没有窗。安娜没问杰克就搬了进来。她是夜里来的,到破晓时分,她已经安顿好了。杰克过来跟她对质。

"带着你该死的下巴滚出这里!"她说,"我不玩你那一套。"

"你会的。"杰克说。

"我什么都没造,"她说,"我不在你的住宅区里。"

"如果你不想被烟熏出去,亲爱的女士——"

"亲爱的女士!我让你看看什么叫亲爱的女士。"她捡起一个啤酒罐,朝他扔去。

他调整了一下他硕大的双肩。

"我会在十分钟之内把你扛出去,"他说,"你最好把东西打包好。"

自然,她开始付他房租。一周六罐啤酒。

"这里,"他告诉她,"不许耍赖。懂了吗?"

杰克不相信有什么东西能让世界变得比现在

更好，但他坚持不许耍赖。这是圣瓦莱里唯一的法律。杰克的法律。这也是他花数小时用纸给自己缝夹克的原因。也许这难以弄懂；在"外套"里，有很多东西要理解，却不知道为什么。

左袖口住着乔基姆。他的住处盖了一块巨大的卡车防水帆布。维柯会纠正我，指出那是聚酰胺。在底下，乔基姆设置了几扇窗和一扇门。他是圣瓦莱里块头最大的男人，留着大胡子，体毛旺盛。他经常听收音机，他的这一台很大，还带闪光，他非常引以为豪。他还有一只猫叫"灾难"。他的胸口文着一个裸露胸脯的女人，下面用红色和蓝色的字母文着名字"**伊娃**"。他是马尔塞洛的好朋友，在漫长的夏夜，他们一起玩骰子。维卡认为他是个水手。维柯说不可能，他块头太大了，水手绝不会那么大个。乔基姆经常和"灾难"说话，操着男人通常专门用来跟女人调情的语气。

"夜里，"乔基姆告诉我，"'灾难'跟我躺在一起时,她会呜呜叫,比你做得多,国王,比你那该死的忠诚有用。"

玛拉克住在右臂下方。她能在这里多亏了利贝托。他对她负责,又从不碰她。他们的人生轨迹一定以某种方式交汇了。他老得足以当她的父亲以及拯救者。

有一次我听她对他说,"过来跟我一起死吧!"

利贝托用只有一个矮小的西班牙人才能做到的方式挺直身体,然后说,"你绝不能再像这样侮辱我或者你自己了,玛拉克。绝不"。

利贝托的左眼上有一道无法愈合的伤口,他的唇髭柔软乌黑。他坐过好几次牢,也是这里唯一读书的人。

索尔读《圣经》,维柯这辈子读了上千本书,但在这里他不再读了。要阅读,人得爱自己,不用很多但要有一点儿。而维柯不爱自己。

左口袋里住着丹尼。他的住处是一个破集装箱,天寒地冻时他用火盆取暖。他的双手总是温暖的,他有一张山地猎犬的尖脸。他的鼻子和嘴巴多次受伤——尽管他不可能超过二十岁。

丹尼需要听到笑声来开始他的一天,就像其他人需要一大杯咖啡和一大块涂了热的人造黄油的吐司。

"有些女孩,"他开玩笑说,"就像野花,在森林里肆意开放!"

每个人都创制了一个烤面包机放在煤气灶上。维柯的是用一台车载收音机改制的。马尔塞洛反复说他要从穿过空地的电缆中偷电,但是尚未偷成。丹尼是唯一没有烤面包机的人。他用一个笑话替代。

"年底之前,"他说,"我会找到一个美国运通的女人,她会爱上我。""老得够当你的姨妈?"乔基姆问。"不,"丹尼回答,"和我同龄!""她是个下巴长胡子的侏儒!"乔基姆坚称。"她很美,"丹尼说,"和貂一样美,每天早上我们都会在威尼斯贝拉酒店吃早饭!""为什么不在床上吃?"科丽娜问，她很少说话。"因为，"丹尼说，"她喜欢整夜做爱然后早起！我们去威尼斯贝拉酒店，她喝热巧克力！"

那边靠近左肩的棚屋是卢克建造的，他已经不在人世了。

"我，我奔向没有恐惧的地方。"有一天我告诉卢克。

"到处都有恐惧。"他说。

"我去的地方没有。"

"有生命的地方就有恐惧。"他重复道。

"这些地方有死亡，"我告诉他，"有为生命而搏斗，有躲藏，有逃跑，有挨饿，没有恐惧。"

"那么是什么让一条狗逃跑？"

"活下去的欲望。"

"你从没见过狗发抖吗？"

"狗只在他不知道怎么办时才发抖。"

"就像我们！"

"不，你在知道该怎么办时也发抖，和不知道时一样!"

"滚开,狗。"

我什么都没说。我只是看着他。"真是一团糟,国王,"他说,"他们把你借给我,你知道他们为什么这么做吗?他们没说,但是他们把你借给我是为了让我不再尝试。"

他把鼻子凑过来,在我的双眼间上下磨蹭。

卢克的嘴稍微偏离了正常位置。他说的一切都是一种将其移回适当位置的尝试。他说话时舌头从嘴角往外推。有时从左边,有时从右边,这份矫正嘴巴的持续努力比他说的内容更重要。

"他们认为这么做最好,"他说,"但是他们看不出这里在发生什么,不是吗?"然后他用他的额头撞我的头。

当他尝试时,他弄破了左腕。现在缠了绷带,依然会疼。

我毫不通人性之处,是我对疼痛有占有欲。我是说他人的疼痛。比如说,卢克手上的疼痛。

我接管受苦者，如果有人靠近，我就低吼。这是我从母亲那里学来的，现在它比我更强大。

"卢克，"我告诉他，"我们去找点吃的吧。"

"你和我，我们今晚会吃肉！"他回答，"照我说的做。"

我们出发进城，前往奎里纳区域。我们仔细挑选肉店。一家小店，只有一个人接待顾客。进去之前，卢克把他的外套弄得像斗篷，系在脖子上，手臂没有放进袖子里。我待在外面。

卢克进去问屠夫有没有能做炖小牛膝的肉，一道能放好几天的菜。"我需要好肉。"他补充道，然后抬起他缠了绷带的手臂。

"出车祸了？"屠夫问。

"不是。被狗咬的。"

这是叫我推门进去的暗号。我也这么做了。

"他是你的狗吗？"屠夫问。

"从没见过他，"卢克说，"但如果我是你，我会把他赶出去，我觉得他看起来不对劲。"

"出去!"屠夫喊道。

我又前进了一步。

"拿一桶水怎么样,如果你后面有的话?"卢克建议。

"别靠近他。"屠夫小声说,然后从后门走了出去。

我低吼。

卢克用右手从柜台拿起一块两三公斤的调配好还绑了细绳且掺上猪油的烤牛肉,然后把它塞入斗篷下,动作相当敏捷。

我本可以在此刻溜走离开。有什么阻止了我;我想说明一个道理,让卢克看到并接受它。我想传达点关于承受倒霉、关于骄傲的内容。因此我站在那里,抬头露出牙齿。

屠夫把水抬过柜台泼向我,水全都落在了我身上。他一定习惯倒水冲洗。不是每个人都能把水泼准的。

我浑身滴水站在那里。我希望他没看见我的

两肋在颤抖。

"奇怪的狗,"卢克说,"我从没见过像他这样的。"

慢慢地我退后,一步一步,走到门口然后消失。

"你的肉是犹太洁食,不是吗?"卢克按计划在此时发问。

"为什么得他妈的是犹太洁食?"屠夫会反问,满脸困惑。

"我很抱歉,我以为这是一家犹太洁食肉店。抱歉。"

回到棚屋,卢克立刻用炉子煮了肉。节日里,如果圣瓦莱里的某人有足够多的食物可分享,他们会邀请最喜欢的邻居。在平日,如果有人碰运气找了很多食物,他们会自己留着。卢克和我私下吃完了肉。

吃饱喝足后,我们躺在一条毯子上,观看1000号公路上前往南方、朝我们驶来的车流的前灯。有时我们瞥一眼离去的车辆的尾灯，那就像钉头大小的血滴。

七周后，卢克自杀了。第二次他没搞砸。他从桥上跳了下去。

如今他死了，我想带他看一面墙，我记得春天那里会长蘑菇。它们躲藏在草丛中，又黑又凉，像一只只指向天空的黑鼻子。它们的气味就像泥土以及为了一块黑巧克力而算命的老妇人的口气。卢克会在那里找到一公斤羊肚菌。我们会用欧芹和大蒜烹煮，然后用四个鸡蛋煎一个蛋饼，再加一汤匙白葡萄酒提味，之后我们两个会平分蛋饼。死人和狗。

索尔之前住在"外套"左下摆的地下，那里曾经是地窖，现在他接管了卢克的棚屋。当然，获得了杰克的许可。

索尔和维柯一样老，他总是戴着一顶花呢帽。我从没见过他不戴帽子的样子。马尔塞洛给了索尔一台电视，他收下当凳子坐。他大概一星期只说一次话。他在一家屠宰场工作了二十年，出了桩丑闻所以被解雇了。他跟我说了好几次，"我年轻时经常去捕兔！你想来吗？"他一有空闲就读《圣经》。他用张开的双手捧书，就像捧着一只刚飞落的鸟儿。他的信仰如此强烈，因此阅读时他在坚信中紧闭双眼。

一条捷径通往远离城市的大海，往那个方向去，并且在"外套"东南边过去一点的地方，泥地凹了一片，有一个长长的浅坑。也许它曾是地下隧道的一部分，后来塌陷了。它不危险，因为它的边缘并不陡峭。许多无家可归的恋人发现，在夜里这个坑道提供了某种庇护。丹尼把它叫做"波音"。它差不多是一架喷气式大型客机的形状和大小，他在底部的污物里找到了一个破损的手提箱，上面还贴着一个飞往休斯敦的航班标签。然后他编了一个笑话：

"我不是说这架波音747是盲飞[①]的，但我刚

---

① 盲飞又叫仪表飞行，指视线不佳时依靠仪表驾驶飞机。

进去看了,驾驶舱的仪表盘上写的是盲文!"

科丽娜住在一辆货车里,靠近内袋。她日渐缩小,正在撤出皮囊。

"没用的懒骨头!"她冲我喊道。

"我保卫这块地方。"我告诉她。

"如果我们都来保卫,就没东西可保卫了。"

"是不多。"我说。

"看看我的双手,我有什么能展示的?"她问。

"你的双手。"我说。

她假装用她的男靴踢我,还吐唾沫。微笑后,科丽娜总是吐唾沫:这跟她缺牙有关。

在维柯和维卡造好小屋后,科丽娜过了两个月才承认他们。她的货车就在一步开外。两个月里,每当维柯和维卡对她说话,她都装聋作哑。

然后在一个明亮的早晨她对维卡说,"如果你想要一根长一点的晾衣绳,你可以把它系在这里,我的货车后视镜上。晾在绳上的衣服从来吓唬不了我"。

阿方索是圣瓦莱里最富有的人,他住在右口袋,正对着索尔搬进卢克家之前的住处。阿方索靠着一面没倒的砖墙造了一个木头披棚。他自己做了所有木工活。他的住处有一片瓦顶和一根穿过屋顶的烟囱以及一道木门阶。他有时会在门阶上留点东西给我,但今天早晨没有。

他之所以是最富有的居民,是因为他会唱歌。他拿上他的电吉他,去地铁唱歌。有一次他带上了我。他的想法是我收钱而他继续演奏,我也这么做了。然后他遇见了一个荡妇,他认为她能做得比我好。她确实可以。但她强迫他让她拿走大部分钱。因此他是失败者。

他有一副美妙的嗓音,那是失败者的嗓音,最好的男性嗓音往往如此。阿方索的问题是他失去得太多了。他把自己获得的一切都花在荡妇身上。他把她们带回来过夜。她们早早离开,她们拿走他的钱,第二天他不出去,他待在室内,重新获得他悲伤的嗓音。按照维卡的说法,他压根没有脑子。"还不如公鸡聪明。"她说。

这是马尔塞洛最喜欢的晒太阳的地点。我不知道马尔塞洛冬天去哪里,他在10月离开。按照杰克的话,他应该在3月到来,但他还没来。他收集电器,整个左袖满是电器。5台电视,屏幕很大,是16∶9的。他经常说要偷电给自己和我们大家用,他说应该很简单。"一切,"利贝托说,"从来不简单。"天晴时,马尔塞洛脱到只剩内裤,躺在太阳下。有一小块草地和灌木能掩护你。马尔塞洛说事情开始出问题,是在妻子离开他的时候。刚被抛弃的男人有一种特殊的气味,和那些独居的男人截然不同,一种跟酸掉的牛奶差不多的气味。他在钢铁业工作。"你有孩子吗?"维卡有一次问他。他点头,然后又开了一罐啤酒。我问自己,马尔塞洛和他的浅褐色短刘海、他柔软的嘴以及年轻狠犬般的眼睛是不是永远消失了,我问自己,他是不是也永远消失了。

你想知道我是怎么到圣瓦莱里的？我走来的。沿着公路。靠左走，因此我冲着迎面而来的车流。我不清楚我在找什么，我只是想象在海边情况会好一点。我花了四十九天。大多数时间，我白天睡觉夜里走路。

我为什么离开家是另一个问题，我不确定答案是什么。我这话的意思是，我不知道到底发生了什么。这里的每个人都会告诉你一样的事。突然间无法出入，你不得不单独挺过下一个小时，以及下一个再下一个再下一个。它发生时，没人预料得到。对我们每个人来说，它到来的方式不同。而对我们所有人来说，它都是趁我们不注意时发生的。我未见其形先闻其声。停滞的车流的噪声。之后有尿味。

当我终于来到这座城市时，维柯在9号次干道码头那边的废弃起重机下发现了我。他正在去新港口的路上，那是游艇停靠的地方。他希望能找到一艘挂着意大利国旗的，因为他来自那不勒斯。当时他依然相信有一线希望，如果他主动找，他会找到一份临时工作。因此他向游艇主们自荐，提出他可以当爱琴海向导！

他已经不知道自己看起来什么样了。他梳了头发，找到一把剃须刀刮了胡子，刷了裤子，洗了鞋，清理了指甲，做完所有这些后，他看不出自己衣冠不整。

他看起来令人费解。就和我们大家一样。在我们的颧骨下，在我们的嘴周皮肤下垂的方式以及我们耸肩的方式中，这点清晰可见。

"我们不需要向导。"游艇主们告诉他。

"历史和地理我都很拿手。"维柯保证道。

他的声音令人吃惊，因为它既轻柔又脆弱。它栖在句子上就像蝴蝶栖在花朵上，翅膀竖直、翩翩扇动。

"我们可以要个脱衣舞娘，那倒不错，老家伙，我不觉得你能帮我们找到！"游艇主说，他们都笑了。

一旦弱者靠得太近，强者就会对其产生憎恨，这种情感专属于人类，它不会出现在动物中。人类必须保持距离，没做到这点时，是强者而非弱者感到被冒犯，而从冒犯中出现了憎恨。感受到游艇主身上冒出了这种憎恨，我低吼。

他们中的一个，戴着一副青铜色墨镜，越过肩头看了看说，"滚开，狗！"

"我了解地图上找不到的地方！"维柯用他的蝴蝶嗓音坚持说。

"我们不需要你的狗、你的地图或者你，我说得够清楚了吗？"

"他不是我的狗。"

"别挡视线了，行吗？"

他们转身离开。

"你遇到了什么事？"这是维柯问我的第一句话。"你是从哪里来的？"

我盯着他。

"那么让我自我介绍吧，"他说，"我叫维柯。

是伟大的詹巴蒂斯塔①的后代。我曾拥有自己的工厂，这绝对是真的。一家小工厂，我的邻居们姓菲利普，他们是好邻居。"

"吓！"我说，"你制造什么？"

"我们制造衣服，工作服。聚酯纤维、聚脲、氨纶、聚四氟乙烯、乙烯基……"

每个名字听起来都像一朵花，在他念出它们时，蝴蝶翅膀在他的声音中扇动。

我看着他。他头发灰白，额头布满皱纹。他六十五岁上下。也许更老些，因为他的耳朵特别大，而耳朵随着年龄一起变大。他的耳朵如同象耳，里面还长出了毛。他的眼睛是深色的。每只眼睛都像沙滩上的爪印里的黑石子，依然浸润着海水。石子一动不动。他那有着纤细、皴裂指甲的双手，又小又柔弱，像是女孩的手，然而覆满了老茧并且发灰——好像他多年来一直在处理铅

---

① 詹巴蒂斯塔·维柯（Giambattista Vico, 1668—1744），意大利哲学家、历史学家，代表作为《新科学》。

或其他金属。如果你只看到他的手,你会说这是一个在父亲眼睛坏掉后接手父业的乙炔焊工女儿的手!

"我们制造衬衫、裤子、披肩、帽子,我们最大的特色是手套,"他告诉我,"我们制造的绝缘手套是全欧洲最好的,用的是石英的一种衍生物。你叫什么名字?"

我不打算这么快就告诉他。

"我就叫你国王好了。"他说。

走了一会儿后,他在广场的喷泉边缘坐下,从他拎着的塑料袋里掏出一罐芬达。他开了饮料递给我。我摇头。

"有些事会改变,"他说,"在五岁左右。当然,是在和平时期。如果考虑战争时期,那一切都是不同的。战争中没有童年,我们要明白,国王,没有童年。五岁前,在和平年代,意外以惊奇的形式来临,直到五岁它通常是惊喜。然后什么事发生了变化,意外就总是坏事了。非常坏。

拿我举例吧。我把自己从头包到脚,对抗寒冷也对抗意外。我试图把它们挡在外面,无论白天黑夜。寒冷和意外。你想看我睡觉的地方吗?"

我从没听过一个人这样说话,我跟过去,他带我看了他在苏布里基乌斯桥下睡觉的地方。他给我泡了牛奶的面包。维卡那时没和他在一起。过了一个月他才跟我提起维卡。有一天她出现了。

"他是我的狗!"她见到我就立刻说,"过来,我的宠物。"

第二章

7:30 A.M.

维卡正在那边解手,她每天早上都在轮胎后这么做。维卡,我跟你说过,是维柯的妻子。当一个女人拥有的隐私如此之少,在某些时刻,能用话语给她编织一个小帘子也是好的。因此,我会讲讲燕子的故事。

鸟儿意外飞进一个房间。它转来转去,找不到飞进来时那扇敞开的窗户。它反复尝试穿过窗玻璃,飞进它依然能看见的天空。它愈加疯狂地拍打翅膀,发出木头拨浪鼓的响声——有个把手可以转的那种。鸟儿不相信有玻璃。它以为自己在天空中,却发现自己不能飞翔。它停在半空,振动翅膀。它再次冲向一块窗玻璃,好像这次它的速度肯定能突破自己身陷的罗网。相反，它撞上玻璃，撞晕了。每次进攻后，它那个由细小羽毛组成的鸟形盒子剧烈震动，里面的心脏跳得比翅膀振动还快。鸟喙下挂着一小滴血。它每撞一次玻璃就多一滴。然后，在下一次也是最后一次的疯狂转圈中，出现了奇迹。它弄错了它所瞄准的窗户，从敞开的那扇飞了出去。鸟儿立刻知道——在尾巴越过窗框前——它回到了天空。然后它啁啾一鸣。一声短暂、几乎听不见但明确的欢乐啁啾。

维卡整理好了她的裙子，正在往家走。起初我不相信他们的名字。维柯，维卡，太接近了，不像真的。像是个玩笑。但是现在维卡意味着这个我爱的女主人，而维柯意味着我的男主人。这是我们的门。

维柯叫它小屋。维卡有一次把它叫做"比萨屋"（必胜客）。当她这么做时，她眼含泪水。在她的外眼角。我记得自己的印象：她让自己停止哭泣，因而没有眼泪从鼻子流到嘴唇。她非常努力地让自己停止哭泣，但是对于外眼角的那一点泪水，她无能为力。她叫它"比萨屋"，以此说明它一点也不像她曾经梦想居住的任何地方！她出生于阿姆斯特丹的王子运河畔。后来我听到她带着微醺的笑声把它叫做"我们的比萨店！"维卡喝啤酒。

小屋宽3米、长4米。在我们动工前，维卡花了一整天把这块12平方米土地上的石子一颗颗清走。然后她把泥土弄湿，用脚踩，用肿胀的双手敲打边缘，把地变得跟桌子一样光滑。

我们把铁床架一个挨一个嵌进地里，建起了墙。我们靠墙固定了聚苯乙烯镶板和零碎的胶合板。乔基姆主动给了我们一罐橙色油漆。他说它太鲜艳了，他用在自己家不合适。"这个颜色适合一家人！"他说。

她把镶板涂成橙色，在有些地方她让白色的聚苯乙烯保持原状，形成白色星星的效果。当维柯在夜里关掉手电筒时，它们在黑暗中发光，我们在睡觉前盯着它们看。

我们三个意见相同的一件事是睡觉。我不确定我们中的哪一个睡得更浅。也许我们轮流睡得很沉。有时我睡在他那边,有时在她那边。我总是跟他们一起睡,从来不睡在他们中间。

当我们三个一起睡着时,我们是受保护的。没人瞎摆弄我们——就像他们在中央车站附近对那个老人做的那样。

我们都同意睡觉是最好的。维卡和维柯都没说这话。但他们知道这是真的。在接近五年的时间里它一直是真的。睡觉是最好的。我们一致同意睡觉是最好的,我们三个在一起,这两件事让我们躺下后身体放松。

在天寒地冻、没东西可烧的时候——这是常事,他们上床睡觉时衣着整齐,还会戴手套。在他们睡着前,两人各脱一只手套,拉一会儿对方的手。当他们拉手时,他们盯着纸板做的天花板,上面印着:

产品编号 353455B

箱号 1-700

内含 2 件产品

然后他们翻身,知道没什么比睡觉更好。

维柯和维卡。这是他们开的玩笑。为了开玩笑而改名,就是在开事物的荒谬性的玩笑。不,让我纠正一下——我经常不得不这么做,用自己的名字开玩笑,就是置身事外地笑自己遇见的事,就这样,在两三次快速的大笑喘息中,忘掉不幸。

我们的波纹屋顶上方的塑料布用碎水泥块压着,但如果有风,雨会溜进来,纸板天花板不防水,会开始滴水,湿乎乎的水渍越来越大。

在这里,最初的无望开始于你无法想象任何东西能再次变干。最初的无望是潮气。

潮气 + 寒冷 = 绝望。

绝望 + 饥饿 = 从无上帝。

从无上帝 + 酒精 = 自杀。

湿季结束了——这是我想跟维卡说的。即将放晴。会有夏季的暴风雨,我们会淋成落汤鸡。但一切都会很快变干,这是我想跟她说的。湿的会变干,没有潮气。潮气结束了。这是我想跟她说的。

"国王,真的是晴天吗?"她问我。她躺在床上。"如果是晴天,"她说,"我们就跑两趟,取四罐水,好吗?维柯会高兴的,国王。"

淡水对圣瓦莱里的每个人来说都是问题,人人都找到了自己的办法。然而维卡用的水比谁都多,因为她总是在清洗。她的晾衣绳上总是有东西。如果你知道往哪里看,你能从 1000 号公路上看到她绳子上的衣物。面朝北方往右看,就在头顶那块告诉你交通是堵塞或通畅的屏幕后。轮胎堆的左边。

今天早晨维卡和维柯争论了十分钟维柯今天的安排。栗子在春天卖不出去,我们又还收获不了玉米。所以维柯想拿小萝卜。"我没法相信,"维卡在黑暗中喊道,"没法相信你有多蠢!人们从年轻女孩那里买小萝卜！也许从孩子那里。但绝不会从老头那里买，像你这样的老头！"

"你会沦为笑柄的！"维卡喊着。

两人当中维卡是更好的拾荒者。维柯拾不了荒。他依然害怕他母亲会看到他。

要成为一个好拾荒者，你需要跟你在寻找的东西说话，维卡懂得这点：

"来吧，小卷心菜，棕色叶片中的你还是好吃的！"

"你身上还是会有一点白肉，小鸡，不是吗？"

"我想要你，炖锅。我不在乎你没盖子！"

"让我坐在你身上，椅子。我会找到东西补上你缺的第四条腿的。三条腿好过两条腿！"

维卡能做这些，他不行。

现在在维卡从床边的地上捡起一个芥末玻璃瓶，把手指蘸了进去。

"他说芥末没好处，他错了，国王。我知道他错了。芥末有益。如果我不每天早晨用芥末这么做的话，它们会变僵。肿胀永远消不掉，它们会看起来很糟糕。每根手指三分钟，两只手加起来半小时。我不确定最管用的是什么，是每根手指受到揉搓还是五根手指揉另一只手时得到了锻炼。可能是两者相结合吗，我的松露？你能想象这双手在我十八岁时弹雅纳切克①的样子吗？不，你不能。"

> 有天我遇见一个吉卜赛姑娘，
>
> 她如小鹿般轻盈，
>
> 黑发垂在肩头，
>
> 双眼深邃如大海。

这不是她第一次对我唱这首歌。她每隔一天就唱，她跟我讲了一百遍雅纳切克。一再重复的故事变得像家具，而这里的人几乎没有家具，因此他们重复他们的故事。维卡这么做。乔基姆这

---

① 雅纳切克（Janáček, 1854—1928），捷克作曲家，下文的歌词来自他创作的声乐套曲《消失人的日记》。

么做。杰克这么做……

取水的坡道很难走。维卡从超市偷来的战车是一个带轮的笼子。你可以在里面装一个男人。因为重量问题，我们一次只取两个 20 升水罐的水。最困难的部分是把维卡连水罐从斜坡弄上去。斜坡比埃尔夫加油站低。我们把战车留在坡底。她坐在我头上。我从后面用肩颈推她。她的脚和她的手指一样肿。我们在上坡的半路停下，让她喘息。

当她坐在我头上时，我舔她的膝盖窝。

"国王！滚开！"她说。

在加油站后面的厕所里，我们在洗手池把水罐装满。管理加油站的男人和我们为敌。

"你在偷水！挪开你的肥屁股滚出这里！"

今天他不敢靠近我们，因为我站在门口面对他。他怒目而视。

"我会搞把枪。"他低声说。

维卡咬紧后牙，假装没看见他。

在我们把装满的水罐滑下坡并装上车后,维卡把一条她为我做的皮带挂在我胸前,我把战车拉回小屋。她跟在后面,把我和车当犁来操纵。

我有点爱着维卡,这不是秘密。她知道这事。当她把战车的挽具缝在一起时,她对这事一清二楚。她利用我的忠诚。

维柯也知道。"去找维卡!"他有时对我这么说。他知道她更喜欢和我说话。她已经把一切都跟他讲过很多次了。我是新的。我让人们觉得,不管他们说什么,我都是第一次听。这是我拥有的天赋:一种孩童般的天真。我的眼里不带一丝他们见过的事物的痕迹。

因此,和我在一起时,维卡以一种她再也不能跟维柯做到的方式重活她的人生。有时候这让他嫉妒。他回到小屋里,看到我躺在他们当作桌子的灶台旁,而维卡一边不停说话,一边用手指摆弄一个她从他们放珍宝的瓶子里取出的东西,他会抬起一条胳膊,凶狠地看着我,喊道,"出去!"他像拳击赛里的裁判那样喊叫。我就走了。这样比较好。我出去撒尿。

我不想爱着她。为了生存,我需要一心一意,我是说保持孤独。至于维卡,她从没决定、从没着手做什么事吸引我。也许在很久之前情况不同。她和维柯在70年代的苏黎世相遇。他正在谈一份为该市的市政工人提供工作服的合同(如果工厂的事他没有撒谎),而她在音乐学院学习,为期一学期(如果她真的学过音乐)。他们在一场暴风雨中相遇,他没有坐他计划乘坐的火车回那不勒斯。她那时一定非常迷人。专注和策略的问题。

如今她是你能想象到的最不迷人的女人。她不做任何事来吸引人。她表现得仿佛身边的人对她来说都又瞎又聋。即使她在对你说话或看着你,她都表现得仿佛单独坐在长椅上。而这造成了一个问题。因为如果你有点爱上了她,你就发现你爱上的是她的本质,而不是她做的事。我爱上了她的本质。

不，我必须再次自我纠正。她偶尔会抵挡不了使用魅力的旧习惯。去年春天，我们在环形广场附近的邮局边上卖黄水仙。我们的红脸盆放在人行道上，装着二十束黄水仙和一点水。它们是一种呼之欲出的黄，如同韭菜的气味。从海边一栋私人房屋的花园里，我们摘下它们，摘了几百朵；房子百叶窗紧闭，插上了门闩。直到5月才有人来那里。是我带他们去花园的。

一个女学生买了两束然后说，"谢谢奶奶！"而维卡有点吃惊，她微笑并用手指触摸女生的脸颊。对此，女生向她飞吻了一下，然后维卡抬起她僵硬的手，回了两个飞吻。

我向前拉，维卡控制犁的方向。当我们到家时，我们都气喘吁吁、汗流不止。

"我觉得我得给你洗个澡！"她说。

这是她常说的笑话之一。当她感觉不错时，她不开玩笑。她在感觉不好时开玩笑。

冬天我们把水罐放在小屋里，希望它们不会

结冰。去年冬天它们冻得结结实实，让小屋冷上加冷。春天到来时，像现在，我们把它们放在外面，放在一段波纹屋顶的下方，靠近从屋顶延伸到接骨木的晾衣绳。

"让破布在阳光下晾干吧！"当我们刚搬进来、维柯固定好绳子时，维卡大声嚷道。

她把什么都叫做"破布"，甚至包括我们在公园酒店外的洗衣推车里找到的新床单。有时她给住在这块空地的某人洗东西。"好吧，我会洗你的'破布'，如果它不是太脏的话。"她提议。

我们把水罐搬到它们在接骨木下的位置，在屋顶上她放着我们用来装黄水仙的红色塑料脸盆。

她在树上放着一把扫帚，挂在树顶的枝条上。她把它拿下来，开始扫地：先是小屋的泥土地面，然后是通往红脸盆和水罐位置的小路。她扫地的行为是我喜欢她的一点。和家庭主妇那档子事无关，也和保持家里干净无关。她没法让它保持干净。她每天擦擦它的门面，就这样。我爱的是她扫地时移动上臂的方式。就像一头从岩石下水的海豹。

"好像我们今天还他妈没受够似的!"她咬牙说,把扫帚戳回接骨木树上。然后她从小屋拿来两个咖啡杯,在红脸盆里洗它们。我看着她。她咳嗽,然后啐在破碎的土地上。

"天啊!"她说。

推完犁后,她经常感到片刻的疲乏。

"记得从前的情况吗?"我说这话安慰她。"钱包里什么都没有。什么改变也不会到来。只有步伐。用脚迈出的步伐,小小的步伐,你的手在背包里摸索。穿着没有纽扣的开襟羊毛衫迈步。话语自己冒出来。记得吗?像这样的话:'让巨痛先别来!'话刚说出口,你就改了主意,咬紧牙关说:'让它来!让它来!它很快就要来了,国王,巨痛!越早越好!'"

这是我想对她说的:"巨痛没来。还没来。"

"我们吃点东西吧,国王。"

小屋的门向外开。上面有三扇磨砂玻璃窗。门是杰克卖给我们的。在门框内面，维柯钉了三个钩子用来挂锡制马克杯。空间紧缺。

如果我在一个滴水成冰的冬夜穿过门口，而他们找到了木头来烧，我很可能直接贴上圆铁炉，不惜被烧焦屁股。烧热的铁散发出甜菜根的气味。

我们是在一个垃圾场找到炉子的，然后用战车把它带回圣瓦莱里。花了很长时间才走完6公里，无论走到哪里我都会记得它的名字……字雕在两朵浮雕玫瑰间：**戈丹**。

炉子后紧挨着一个同样用铸铁做的平板灶台。他们把这个当桌子用，在灶台的烤炉里他们放食物。他们从不用它做饭。

灶台上立着一个玻璃罐，女人用来装水果或蔬菜的那种罐子，带翻盖和红色垫圈，用来保持密封。他们不盖它，她用它来装他们的私人珍宝。那是一个两升的罐子。最大的物品是一个"和莱"牌口琴，叫"大河琴"。根据我的判断，他们谁也没吹过。它之所以是珍宝，是因为很多年前他们在一片夏季的田野里发现了它，他们曾在那里野合。他们正要起身时发现了它。罐子里的其他东西我晚点再告诉你。在它后面，一本日历靠在橙色的墙上。维柯每月翻一页，而每月都呈现出一块不同的彩色地毯。1月的是为塔赫玛斯普一世[①]编织的大不里士[②]地毯，下面写着："这不是一块地毯，而是一朵白玫瑰……"2月的是一块克尔曼[③]地毯。而4月（我们所处的月份）的是一块来自科尼亚[④]的地毯。这块下面写着："当马可·波罗在1271年造访科尼亚时，他说：'这里用最美的颜色制造出了世上最美的地毯。'"

这是去年的日历，而且少有的是，这是维柯

[①] 塔赫玛斯普一世（Shah Thamasp the First，1513—1576），伊朗萨非王朝的国王，1524—1576年在位。
[②] 大不里士（Tabriz），伊朗东北部城市，波斯地毯重要的生产中心，生产的波斯地毯以华丽著称。
[③] 克尔曼（Kerman），伊朗东南部城市，生产地毯的历史悠久。
[④] 科尼亚（Konya），土耳其南部城市，13世纪时为罗姆苏丹国首都，生产的地毯被视为珍品。

拾荒拾到的。他把它带回家后，在当天晚上花了两小时，改了所有日期，让它符合实际。日历上方的橙色墙面就是维卡的白色星星闪烁的地方。

桌子和床之间的空间很小——如果你坐在床沿，只够放你的膝盖和脚，就像维卡现在的样子。她正在啜泣。如果我不去注意她，她就会停止。

床占据了小屋地面空间的四分之一，放在正对着门的角落。窗户沿着墙开在床上方，它是杰克卖门时附赠的，他说，因为看到他们这个年纪的夫妇沦落到这个地步是不对的。这是一扇打不开的窗，它面向东南，朝着大海。从来看不到大海，但可以看到它上方的鱼腥味云层。

床脚附近的角落被他们叫做厨房：五斗橱上放着两个煤气灶，下面是一个煤气罐。五斗橱和床脚之间的空间只够维卡站立。她依然在啜泣，并正在其中一个煤气灶上烤一些不新鲜的面包。

五斗橱右边立着一个小衣柜。当柜门打开时，它会挡住通往大门的过道。

衣柜有三块搁板。上面排列着他们的衣服、食物罐头和包裹、一把梳子、一把牙刷、勺子、盘子、开瓶器、盐。维卡正在找人造黄油来涂吐司。她在一个空的碎肉锡罐头后面找到了包裹,上个月,她在这个锡罐里种了一个风信子球茎。

植物从球茎中抽芽,风信子花依然是绿色的,形状和触感都像蛇头,蟒蛇的头。下星期,它会变蓝,它的香气会充满小屋。

我拒绝了维卡给我的吐司。

"我们最好走吧,国王,拿上最后两个水罐。"

我们像之前那样爬上埃尔夫加油站。只是这次厕所门锁了。维卡用两只手都试了门把手。

"该死的卑鄙混蛋!"她咒骂,开始走下斜坡,把靴跟戳进没有词语可形容的碎石堆。

"等等!"我告诉她。"厕所里有人。"

她气冲冲地看了看我,然后坐下。我们等了十分钟,谁都没张嘴。我轻轻推了推她,门开了,一个年轻女人走出来,拿着一把钥匙和一个吹风机,电线拖在地上。她的头发闪亮且湿漉漉的。

维卡雍容华贵地走向她。她有能力让陌生人看不到她裙子上的污渍和靴子上的灰尘,这是因为她挺着胸膛向前移动的方式。不是自信——她的自信早就粉碎了;她踏下脚的方式就像她这么做是因为双腿天生如此,它们不能以别种方式行走。

年轻女人正在摇头把头发甩到后面,她伸出手说:"他给我钥匙,告诉我用完后锁上。但是我把钥匙给你,你用完后还给他,好吗?"

我瞥到了一辆我认为属于她的车:一辆欧宝。

"我保证把钥匙还给他。"维卡说。

"他叫什么名字?"年轻女人说。我注意到,她右手戴了一只镶着一大块蓝色石头的金戒指。大概是天青石。

"他的名字?"

"他的眼睛真机灵!"

"总得有一个机灵的。"

"他在车里不会烦躁吗?"

"从不,"维卡说,"我把窗户摇下来一点,他喜欢空气,他喜欢气流冲过的感觉。他从来不烦躁。"

"路很远?"

维卡用她永远年轻的眼睛看着我。"阿姆斯特丹。"她说。

"路程不短。"年轻女人说。

"如果我们开一夜,明天就到了。"维卡说。

"一路顺风!"戒指上有蓝色珠宝的年轻女人说,然后她轻快地走开,双手抬在空中,好像抓着栏杆。

"赶快!"我告诉维卡,轻咬她的臀部。

据维柯说,巴比伦人相信天青石分公母。比较亮的是母的。

我们把两个装满的水罐滑下斜坡,维卡把它们装进战车。我拉,她跟着,控制犁的方向。

当我们到家时,她做的第一件事是把加油站

厕所的钥匙从外套口袋掏出来，扔进瓶子，和其他珍宝放在一起。然后她换上她的特大号牛仔裤。她只在圣瓦莱里穿裙子。在城里她穿蓝色牛仔裤，按照需要穿数量不等的毛衣，以及一件她在公园找到的黑色连帽夹克衫。

一个人影堵住了敞开的门口，挡住了光线。我听到他过来，熟悉他慎重的脚步。是杰克"男爵"，维柯这么叫他。他块头很大。他很久没理发了。他有着大丹犬的眼睛。

九个月前，当维柯和我刚来到圣瓦莱里时，杰克不打算接纳我们。我不知道维柯是怎么听说这个地方的。他后来告诉维卡，他是从一个濒死之人那里听说的，这算是一种遗产。无论如何，当我们到这里时，杰克看了看我们说，"不可能，我们住满了，没有多余的场地"。

"我会付钱的。"维柯说。

"这不是付钱的问题，小子，这是选择的问题。"

"我能问问你是怎么选择的吗?"

"用眼睛看,你看起来像个快散架的疯子。我会留下狗,但不会留你。滚!"

"我恐怕得等我妻子,她会来这里找我们。"维柯说。

"你有妻子?我以为你只有一条狗。"

"是的,我有妻子。"

"为什么你他妈不早点这么说,伙计?她身体虚弱吗?"

"不。"

"如果你有妻子,我就让你留下。"

"我们结婚三十年了。"

"你知道首付款是多少吗,伙计?"

"我听说是一千五。"

"谁告诉你的?"

"一个叫汉斯的熟人,他死了。"

"他那时候太早了,已经涨价了,如今是两千五。你有吗?你看起来不像有。"

"给我两天时间,我会付你钱的,"维柯说,"等我付了钱后,我们在哪里造房子?"

"这里。"

"这里?"

"这棵接骨木这里。我有一扇门和一扇窗,买一赠一。我本来以为你只有一条狗。我不知道你有妻子,有妻子就非常不一样了。"

维柯把杰克要的两千五付给他,钱是卖相机得来的。他把这台相机装在袋子里,用羊毛袜裹着。像这样它藏得很好并且没有在街上被偷,像这样它也没受磕碰。我跟他一起去卖它。当时是秋季的末尾。

维柯看起来像一个在下雪时蹒跚走入公共图书馆取暖的人,他不识字,在垃圾中翻找到一副眼镜,假装自己经常读书,图书管理员没有管他,任凭他取暖,而他观察上高中的女孩查阅百科全书。事实上维柯不是这样。他这辈子读了几千本书,但他变得像这样的人了。

我们走进商店。他的眼镜架在鼻子上。

"你准备为这台佳能 42 开价多少?"他问。

"卡口还是螺口?"

"螺口。"

"这说明它很老了。让我看看。"

"状况非常好,"维柯把相机递过去,"它带一个 35—80 的变焦镜头。"

"你有账单或者保修单吗?"

"老天呀。"维柯说。

此时店主怀疑相机是偷来的。他瞥了我一眼,他的怀疑变成了确定。

"你是在哪里买的?"

"在罗马。"

"在罗马?罗马离这里非常远。这个机型已经淘汰了,我要卖掉它相当难。恐怕我们不感兴趣。"

"是的,我在罗马买的。"

"可是你没有文件证明?"

"没有。它有双闪构造,所以拍人像的时候不会有红眼。"

"怎么都不会有红眼的。"

店主开始讨厌我们了。他本想对维柯说,"你才有红眼,你的眼睛里没有闪光,以后也绝不会有,滚出我的店!"他正准备说这个。

"你想知道我用你手里拿的这台相机拍过什么照片吗?"维柯用他蝴蝶般的嗓音说。

"我们不感兴趣。"店主说。

"你手里的相机拍过埃及的吉萨金字塔,拍过阿弗罗狄西亚①的竞技场,拍过阿尔及利亚的罗马军团驻地提姆加德和城里的有三千五百个座位的罗马剧场,拍过那不勒斯的圣玛蒂诺修道院,拍过纳克索斯岛②的基马罗斯塔,拍过帕埃斯图姆③的赫拉神庙。"

---

① 阿弗罗狄西亚(Aphrodisias),位于土耳其安纳托利亚西部的卡里亚文化地区的古希腊小城,拥有众多古希腊建筑。
② 纳克索斯岛(Naxos),爱琴海上的岛屿,属于希腊,有许多古迹。
③ 帕埃斯图姆(Paestum),意大利坎帕尼亚地区的城镇,以古希腊多立亚柱式神庙而闻名。

"你去过很多地方旅游,但是我们不感兴趣。它已经被淘汰了。"

"它状况非常好,对快门速度的控制依然完美,可以精确到一千五百分之一秒。"

"现在的客户更喜欢自动相机。"

"我本来打算用这台佳能42去拍北欧,比如赫尔辛基的中央车站,拍乌特勒支的里特维尔德—施罗德住宅①,拍达姆施塔特的由黑森大公资助的田园郊区。今天一台佳能42值一万,因为我们很着急,我五千就卖给你。"

"你为什么这么急?"店主问。

"因为春天到了。"维柯嘟囔道。

店主把相机挂在肩头,拉开收银机的抽屉,拿出三张一千块纸币,把它们放在收银台。

"最多这么多,"他说,"要不要随你。"

维柯拿起钱。

---

① 里特维尔德—施罗德住宅(Rietveld-Schröder House),荷兰设计师里特维尔德为施罗德-施雷德夫人设计的住宅,为"荷兰风格派运动"建筑的知名例子,现为博物馆。

"我没有选择。"当我们走到街上时,他对我说。

现在我理解为什么"男爵"杰克起初说有妻子就非常不一样了。很少有夫妻历经不幸还是一对。看到对方会让彼此过得更艰难。夫妻是稀有品,尤其是老年夫妻。在杰克的士兵思维里,一对老年夫妻有点像皇室。

今天早晨杰克刮了胡子,还用水把头发抹顺了。

"我得去市中心,"他说,"你能留下来吗,就这一次?我们不能让这地方没人看着。太危险了。"

"我不喜欢让人失望,"她说,"但是我得去见维柯。"

"那就让国王保卫我们。"

"国王会留下。"她说。

维卡高兴的时候,不仅她的嘴会笑,她的脖子也会笑。有一瞬间,想到自己智胜了杰克,她很高兴。我能从她的脖子上看出来,这份喜悦扩散开来，成为一种善意。

"我喜欢你的夹克。"她告诉他。

杰克假装没听到，他宁愿别人注意到他的夹克而不做评价。

"我10点有约，"他说，"所以如果你要付我一杯咖啡，动作快点。"

"没有牛奶。"她说。

"没必要。"他说。

我说过，杰克自己做夹克。他用纸做衣服，把它当成布那样剪开缝在一起。他今天早晨穿的这件是用一本花卉栽培目录的内页做成的。他称之为他的夹竹桃夹克。他还有一件用地图做的。它们都剪裁良好，有着像运动夹克那样的黄铜纽扣。

"我得去市政厅，"他说，"我近来总听到一些不太妙的消息。"

维卡打开橱柜，看有没有糖。杰克在门口等着，夹克上的夹竹桃在从窗户透进来的光线中呈浅紫色、白色和粉色。

"我不加糖。"

"我们也不加。"她说——尽管这不是真话：她这么说是因为没糖了。

"我要去搞清楚，我要警告他们。"杰克说。他有着公羊的脖子。

"在市政厅？"她问。

"听起来好像正是时候。"他说。然后他挂上一个老兵的微笑，意在让维卡安心，并且提醒她，他即将让她躲过一劫。

她把围巾裹在头上。她绝不会不戴围巾就去市中心。她有两条：一条金色，另一条黑色。我宁愿她戴黑的，这样更安全。

"国王会留下。"她说。

从门口，我看着他们两个朝阿德亚蒂娜街走去。因为他的夹克，她看起来就像正带着一丛开花的灌木穿过荒地。每当杰克穿上他的手工夹克——他有四件，只在星期天或者去市区时才穿——他就会侧身站在棚屋的镜子前打量自己，并低声说：

> 我曾在一段时间里认识一个好女人。
> 我曾在一个女人身上度过美好时光。

这个笑话总是让他挺直背部，做出他曾担任的中士的仪态。

我看到维卡被什么东西绊了一下，杰克用一只大手托住她的手肘，把她扶稳。然后她挽住他的胳膊，我看着他们像一对夫妇那样走远，直到他们消失。

圣瓦莱里现在由我单独保卫。我走出去，攀登到垃圾山顶。从这里我能纵览整个"外套"。我们的小屋、杰克的房子、科丽娜的货车、丹尼的集装箱、安娜的碉堡、乔基姆的帐篷、索尔的棚屋、阿方索的住处、利贝托的住处。

当我无所事事时，我瞥到两个男人从阿德亚蒂娜街过来，陌生人。没人在这里闲逛。这里不是兰布拉大道[①]。没人无缘无故来这里。我面临一个选择。我比他们快，而且快得多。我要从侧翼包抄然后从后面骚扰他们吗？因为追赶者通常处于优势。或者我回到小路上去会会他们？他们块头大、年轻，看起来不像涉世不深。任何将军都乐意招募他们到自己的雇佣军麾下。我选择了小路，也就是"外套"扣纽扣的地方。

我的优势是他们是两个人一起。他们看见我了。但愿我能保持正面迎敌。如果他们分开，我就输了。其中一个开始捡石头。我缓步前进，每一步都悬而不决，好像要先测试小路的安全性才敢放下身体的重量。他扔出第一块石头。没打中。

一旦人数超过一个，人就会分心。这是我所希望的。我现在离他们很近，足以让他俩记起逃跑的可能性。他们停下了脚步。那人笨拙地扔出第二块石头，擦破了我的头。他们听到我低吼，并看着我的眼睛。

[①] 兰布拉大道（Rambla），西班牙巴塞罗那市中心的景观道路。

"把你的石头给我一块,"第二个人说,"我会打中那条狗!"然后在几分之一秒里,如同我希望的那样,他们瞥了彼此一眼。

几分之一秒足以让狗突袭。它持续的时长跟鸟儿知道——在尾巴越过窗框前——自己回到天空的那一刻相同。在那个瞬间,当他们转开眼睛时,我跳向拿石头的人,全身重量扑到他的胸口。他向后仰倒。

此刻我是聪明的。我站到一旁,给他时间离开。两个男人分头从小路跑开。将军取消了入侵。如果我没站到一旁,他们最终可能会杀掉我。狗要掌握时机,这可是得花时间学的。

我绕着"外套"小跑,去看了下"波音飞机"。最后我来到马尔塞洛喜欢晒太阳的地方。在这里我躺下,闭上双眼。我没睡着。我能听见任何到达者。我看见一片海滩。除了我,谁也不去那里。我的海滩在圣瓦莱里东南 4 公里外,跨过于此入海的河流。河上有三座桥,每座都有一个罗马桥拱。车辆不再从上面过了。两座差不多塌了，第三座上面长了草。我不知道为什么它们建得如此近。那段河道就像一根戴了三枚戒指的手指。燕鸥、鸬鹚和贼鸥在水面上方低飞。我喜欢的是，当我在拱顶、在盖住桥石的草上小跑时，一切都奔下坡，离我远去，直至海浪处。愉悦本身不就经常是一个类似的美好斜坡吗？每份愉悦几乎不都如此吗？

大海退得比往常要远，我到达了海藻森林的边缘。海藻绿得如同蕨类植物，底下黑暗，一片潮湿的黑暗，散发出苍白皮肤和闪亮牙齿的气味。我的鼻子开始抽搐。到处是身体内部器官的湿淋淋的鲜艳颜色。

海藻团下，有一个扇贝刚刚合上。我听到咔嗒声。一块岩石下有些黄珊瑚是奶牛乳头形状的，但里面没有射出牛奶，而是滴下一串蛛丝般的灰色水珠。我分开鳗草，它触碰我的耳朵。海岸上没有什么像鳗草这样绿而柔美，它散发着诞生的气味。

在鳗草的另一边我找到了我的朋友，寄居蟹。"叫我托里尼。"他告诉我。我发现他在家。我叫他"托尔"。他住在一个海螺壳里。他坐在家里，因为他的下半身没有甲壳，不受保护。没有他的海螺，他活不过一小时。当某个混蛋试图摆弄他时，他完全撤入海螺，用右螯挡住入口。他的右螯比左边的大，所以他能用它当前门。他和几只海葵共同生活，她们长着松散的毛发，有蓝色的也有金色的。她们吸附在海螺外侧。

"有什么新鲜事？"他问。

"没什么。"我说。

同居很适合他们。海葵不能自己移动，跟着托里尼她们就有了交通工具。他用强有力的弯曲前腿走路，转动海螺壳，这样海葵能吃到更多东西。她们每晚出来觅食。作为交换，她们保护他，因为她们流动的长发里含有毒液，可以阻碍进攻——尤其是章鱼的。

"麻烦永远不会单独到来。"托尔说。"我得搬家了。甲壳太小了。我找到一个大得多的新海螺。我一搬进去，就蜕掉壳。胸口这片紧得难以置信。和往常一样，问题是海葵。她们不想离开旧庇护所。跟她们聊聊，国王，如果可以的话。"

"亲爱的，"我对最小的海葵说，"你先来，你就能占据新壳上最好的位置。"

她甩了甩头，没理我。

"他是主人！"我低吼，"你听到了吗？他是主人，他在撑你们，你们全部！快动起来。"

她们任由自己金色和蓝色的长发飘动，装聋作哑。

"让我们在黑暗中共同祈祷，"托里尼对她们说，"让我们在磨难中共同祈祷，我会把你们都扛在背上，前往我们的新家，和我们的救赎。"

婊子们收紧了她们的吸盘，比往常更用力地紧贴旧海螺。

我直接走到她们面前，非常平静地问："你们想一个接一个,单独死掉吗?嗯,你们想吗?"

这奏效了。她们一个个静止下来。她们收回触手,像玫瑰花苞那样卷起自己。然后她们让寄居蟹把自己扛在背上,一个接一个,扛到新地方,他们会在那里居住一段时间,直到有一天不得不再次搬家。

"瞧,国王!"托尔在加入她们之前说。"瞧!"

他绷紧杰克那样硕大的双肩,然后甲壳裂成碎片落入海底。内侧苍白,外侧是棕红色。

"快点进去,托尔。"我对他说。

同时我听到另一串类似小石头的响声,我睁开一只眼睛。杰克回来了,在水槽附近。我站起来,尽管他很远,但我能看到他的夹克被撕破了。一个坏兆头。

第三章

1:30 P.M.

我绕过水槽,那是一潭死水。几天前我在那里发现了一只青蛙,他姿态挑衅,身体鼓起,充满勇气,在最后时刻一下子跳回水里。与其说他是绿色,不如说是白色,因为青蛙在冬天会发白。

我穿过空地,爬上一堆瓦砾,开始奔跑。空中的太阳像维柯扔出去让狗捡的一颗石子。我说话的方式很奇怪,因为我不确定自己是谁。许多事情合谋夺走了名字。名字死去了,连受过的苦都不再属于它。我正朝着市中心的环形广场赶去。

在阳光下,我狠狠转了个弯,然后在过马路时昂首阔步。以前人们看见一条狗单独在街上奔跑时,他们会警惕。这让他们想起偷窃。今天,跟停泊的汽车、商店橱窗和围了铁丝网的住宅的尖利警报相比，一条奔跑的狗制造的轻微警报更令人宽慰，因为前者即使没人摆弄也会响个不停。今天，一切都在消失，然而看不到窃贼，因为贼都在海外。这让狗的轻微警报变得几乎受人欢迎了。阿德亚蒂娜街上的人们看着我，扬起眉毛，皱着鼻子，张开的嘴几乎在微笑。

一位老人带了一张轻便折叠椅，好在走了几百米后累了时能坐下。

城里很多墙上喷绘了狗画。我跑过一头穿绿色西装的犀牛、没穿斗篷的自由女神、组成 NICE TIME（过得开心）的八个字母。只要是喷绘的，一切都是可爱的名字。一对嘴唇，红得像母牛的肝，大小也与之类似。四个字母连起来，组成 RISK（冒险）。

柴油卡车开了过去。背着孩子的母亲把购物袋换到不太累的那只手。

三个穿溜冰鞋的孩子滑过。我换了跑道，加

入他们,让自己夹在中间。两个女孩和一个男孩。

让这永远持续下去吧!他们的表情说。他们也随着这个表情跳舞,非常缓慢,受到速度的牵制,就像海鸥受到船上方的风的牵制。我观察他们的腿。我跟上他们的腿、弯曲的脚踝和发力的膝盖。

男孩的腿和女孩的不一样!男人的腿是用来着陆的,它们生来就能吸收到达的震动。"我们一起到达,"男人的双腿说,"我俩。"

女孩的腿是用来离开的。永远在离开。"我们马上就要走,现在你到了,我们应该去哪里呢?"

人类生来就是为了跳舞。就是这样。只有在跳舞时,他们能做的一切、他们的所有能力和才智、所有把戏和欺骗以及所有可怕的诚实才会变成天赋,纯粹的天赋。探戈生物。

一辆巴士摁响喇叭,司机破口大骂,手指用力戳,我们跳回能转圈的地方,那里有鸽子。我绕着穿溜冰鞋的舞者奔跑,鸽子飞进空中。

"嘿，小子！"其中一个女孩喊道，她向前滑动，一条腿抬在空中，另一条腿弯曲，"你饿了，不是吗？"

"他真是条瘦狗！"

"你叫什么名字，告诉我们你的名字！"

"他至少有个项圈。"

"你能看看上面写了什么吗？"

"小心。别吓着他。他可能很凶。"

"你觉得他属于哪里？"

"也许他喜欢我吃剩的巨无霸汉堡。嘿，小子！"

她从背包里拿出纸盒，打开盖子，把半个巨无霸汉堡放在地上给我。弯腰时，她的脚踝颤抖，因为她的后跟把溜冰鞋抬离了路面。我狼吞虎咽，然后离开。

他们都不笑了。他们的手臂无力地垂下来，没有牵手。他们的使命感消失了。

我停止奔跑。我昂首阔步，挺直后背，显示

我知道我要去哪里以及有人在等我。否则在这个街区我可能会被当作流浪狗捡走。

两个很久没见的女人偶然在街角相遇。她们甚至比维卡还老。她们想拥抱,我能看出来,但是她们的后背太僵硬了,没法轻易弯腰。因此她们两个都弯着膝盖,直到膝盖相触,把她们支住,再伸出脖子,吻彼此的脸颊。

维卡每次去环形广场时,如果有时间,就会顺路去圣玛利亚教堂。维柯从不上教堂。这是一个让他们有话可谈的小差别。没有未来时,几乎没有能谈论的东西,话题很受欢迎。

"你去了圣玛利亚?"维柯问。

"那是自然。"维卡说。

"你祈祷了?"

"当然了。我为你祈祷,我为国王祈祷,我为自己祈祷,我为我们大家祈祷。而且那里很安静。你能打盹。"

"祈祷的人就跟鸽子一样吵!"维柯说。

"里面也很暖和。"维卡说。

他们到了环形广场,安顿在一家打折鞋店的送货门口。当时是冬天,他们在卖栗子。维柯把一个"道达尔"牌油桶改成火盆,用战车装着走。

正在烤的栗子闻起来像烧焦的木头和好肉。连清晨的醉汉都能从马路对面闻到栗子的香气,因此你不需要用吆喝来吸引买家。维柯宁愿饿死也不吆喝。栗子令人胃口大开的气味帮他干了这活。当维卡在那里时,她吆喝。

维卡用一把装在夹克口袋里的旧茶匙来翻栗子,免得它们烤焦。维柯用手指。因此,他的手指结了厚厚的茧,摸起来满是鳞片,就像虾一样,但不像鱼。它们温暖干燥,表面的皮肤就像你放在蛋糕烤盘底部的纸。

"车站,图书馆,火车,台阶,是的,我会睡在这些地方,维卡,但我不会睡在教堂里!"

"我也不睡在那里。"

"你说我可能会,而我说不会。"

"它们好了,"维卡说起栗子,"你能把它们装进纸里了。"

栗子在烤之前得切开,否则会爆炸。顺着它们的长边从头到脚划一刀。然后在高温下,因为有裂缝,它们的壳就像解了扣子的外套一样敞开了。它们滚烫的肉,有的地方略呈粉状,其他地方发皱,就这么暴露出来,呼喊人们把自己吃掉。

我谨慎地沿人行道走,避开一边的下水道和另一边装了监控摄像头的建筑入口,往马路对面望去,看了看维卡的圣玛利亚教堂。它的柱子就像一只手的手指,手心托着塔楼的下巴。在耳朵和头后面,白云从西边被吹来。塔楼的表情满是惊奇。它嘴巴大张。看着圣玛利亚教堂,我没注意我走在了哪里。等我意识到的时候已经太晚了。

"你真是个垃圾!"一只狗吼道。

"而你,罗特韦勒,你这个为猪效力的家伙!"我回应,因为我看到了自己陷入的麻烦。

"你一只耳朵被咬过了,还想让另一只也被

咬?"他威胁道。

"瞧好了,你这条灰狗,为猪效力、讨点施舍的狗,看着牙齿发出的挑战!瞧好了,狗!"

他被拴在一条短皮带上,碰不到我。但他仍然是他主人的探子。他的主人系着皮带和枪套,手指粗厚。此时他的主人正盯着一个走下出租车的女孩,车停在一家酒店的入口,那里有三个穿樱桃色制服的男人在整理行李箱。我丝毫不能退缩,因为罗特韦勒会注意到。我必须立刻让他非常折服,使得他压根不会给主人传递消息。否则我就得进动物收容所。我需要让他看到,我无所畏惧,因为我有靠山,我有数不尽的关系、无法估量的威望。这勇气来自哪里?来自地面,从爪子传上来。

"看着牙齿发出的挑战,"我说,"现在瞧好了。"我不容置疑!

罗特韦勒变得慵懒,所以他相信了。他的前额舒展开,双眼眯成了缝,与此同时他的主人目瞠口呆地看着女孩的屁股移动。我继续走，心脏敲击着肋骨。

要划开栗子，你需要一把好刀，结实、锋利，并且不能太大。栗子拿在左手拇指和食指之间，右手紧握刀子，用刀尖划一下。

"当你是个孩子时，你知道财富是什么吗？"一天，维柯心情不错，他这么问我。"当你是个孩子时，财富就是一个裤兜里有把刀，另一个兜里有支手电筒。"

"不，"维卡说，"当你是个孩子时，财富是一本里面印了电话号码的红色皮面小书。"

几天后，躺在栗子火盆旁时，某句话传到我的双耳之间：世界如此糟糕，上帝必须存在。我问维柯怎么想。

"大多数人，"他迅速说道，"会得出相反的结论。"

在说这话时，他把几个热栗子扔进一个纸包，那是维卡用旧的彩色杂志订成的。

"我在想森林。"我告诉他。

"你每天都说森林。"他说。

"不,这取决于季节。"

"想家。思乡。乡愁。"他说。

"假如你见到了森林里的阳光,不可能不承认它很美。"我直勾勾看着维卡说道,她坐在路面上,背靠着送货门所在的墙。"世界造得很好,每片叶子都如此。只有男人是邪恶的。"

"说的对,"她说,"只有男人。"

"有些最为邪恶的是女人。"维柯说。

"女人跟桦树一样美丽。"我说。

"国王,你不知道你在说什么!"

"我在谈论上帝。"第二包栗子现在装满了,维柯在空中摇晃他的手指,让它们冷却。"我在谈论上帝。如果男人的世界是邪恶的,剩下的又造得如此好,那么一定有一股邪恶势力。除此之外,别的都说不通。"

"无知和愚蠢。"维柯一边说,一边用刀划开新一批栗子，然后把它们放在火盆上。

"为非作歹的不是无知者，"维卡说，"是聪明人。"

"如果存在一股邪恶势力，那么必须有一股善良势力。不是吗？那就意味着上帝。"我说。

"看在基督的分上，扔给他一个栗子吧！"

"如果一切都如森林般美丽，我绝不会相信上帝，"我告诉他们，"是大便让我相信的。"

两人都没回答。过了一会儿，没有别的话可说了。

维柯的刀柄是用羊角做的。合上时，刀柄比他的手的宽度长一点。要打开它，你得把刀片拉出来甩一下。要合上，你得按一下刀锋反面的刀背。钢制刀锋的轮廓就像一个跳探戈的女人。

我走捷径，穿过几条小街，单独行动时，这些路对我来说更安全。我看起来好像属于这里。然而，这些街道对于睡觉来说是危险的。夜里，住在这里的人回家，他们认定这条街是他们自己的走廊，可以立刻按照自己的需要和意愿行事。这些狭窄的街道就像最后的夜晚——在其中要争分夺秒。妓女们在她们的小房间里生意兴隆，而皮条客带着枪。此时，在寂静的午后炎热中，唯一的声音来自一只网球。

一名男孩正在把网球扔向广场上一面没有门窗的墙，那里有一家便宜的鱼餐厅。餐厅现在关了。男孩玩这个的时间对他来说似乎很久了。已经没有惊喜剩下了：他对墙和球烂熟于心，两者都跟他一样无精打采。

为了做出一点改变——做出任何改变都比你们这些空谈者所想的要难——他决定在球弹回来时接住它，在最后时刻，在它落到铺路石上，落在污渍、纸屑、狗屎和鱼骨头之间又弹回前。他看着球飞来，他等待，他尽情享受什么都不做的时刻，因为此时他与令做出任何改变都如此困难的压倒性力量和谐共处，然后他俯身，在距地面一手之宽的地方接到球。下一次球来得猛了一些，在甜蜜的延长等待后，他要做的只不过是弯曲膝盖，用双踝接住它。

第三次，他判断失误，球击中了地面。他什么也没做，他像之前那样等待，只不过等得久的多。他盯着墙壁，墙壁盯着滚到一个空啤酒罐前的球。球盯着男孩，男孩挠了挠肚子，继续等待。三只猫躺在鱼餐厅旁，又饿又困。

最终男孩尽职地过去捡起了球，回到他在墙前的老位置。他会再次开始。还能做什么呢？

此时我让他看到我。他的眼睛睁大了一点。"嘿！"他说。

我张开嘴。

"你想玩吗？"

他把球往地上一掷，我跳向它但没接住。我为什么要接住呢？

"我们玩吧，"他说，"我们这么玩。我把球扔到墙上，当墙把球弹回来时，你得在我之前把球接住；如果你没接住，我就赢了！"

"要是我接住了呢?"

"如果你先接住，我们就做点更难的事，好吗?"

"比如什么?"

他第一次微笑了。

他把球扔出去，我没跟上。他又扔了一次，让球从墙那边弹到我的方向，我轻松地接住了它。

"那就开始吧。"我告诉他。

这次他把球猛掷到这面墙和另一面墙的夹角，球弹了好几下。我之前没见过这招，而他见过，所以他在正确的位置，而我不在。像我说的那样，做出任何改变都比你们这些空谈者所想的要难。

他重复这个把戏，这次我在那里，我们跳起来，在半空中撞到彼此，两个都错过了球。他摔在我身上，我俩都在地上大笑。

我爬起来，捡回了球。

"给我!"他喊道。

我衔着球跑走，他追我。我突然转身面对他，扔下球，张着嘴。

我觉得一场比赛即将开始。我们有四个，四个就能比赛了。男孩、球、墙和我自己。

我们四个对抗下午。

男孩用力扔，扔得很高。如果这面墙有窗户，球应该到了第二层的高度。墙下面是狗的艺术。字母比男孩高，把自己拱起来，就像托里尼的海葵，变成巨大的玫瑰花蕾，有的红有的白。只有狗才能轻松地阅读它们。这些狗字母说：**别跑开**。

球正中墙的夹角，墙把它快速弹回，旋转到我的右边，因为我预见到了他会这么做，所以我在那里。我在空中截住了它，停下来恢复平衡，然后把球轻轻扔到男孩脚边的地上。

"开始吧。"我们四个一起说。

男孩再次抛出球，我接住了它。然后一次又一次重来。

每次都不同，每次球、墙的夹角、他和我玩的游戏都不同，但本质上依然相同，每次我们四个都变得更快，上一个告诉下一个要去哪里。

速度把我们握在它的大手里，像游泳时的大海那样把我们抬高，因此很快我们就从深处浮起，脚不再触及地面。

速度变得越来越快，球闪烁，男孩尖叫，墙的夹角在阳光下眨眼，而我猛咬，直到其他东西都不存在。当我们确实做出一些改变时，改变得比你们这些空谈者所想的要快。猫逃走了。速度让我们都屈服了。

墙底，别的狗字母写着：**世界尽头**。男孩把球扔得太低，击中了**世界**的第一个字母。墙的夹角捡不到球，我也到不了那里。

比赛迟早得暂停，因为我们气喘吁吁，喘不上气了。球滚到广场的另一边，去睡觉了。墙的夹角在阳光下消解。男孩和我把大笑的嘴巴埋在彼此的肩头，耳朵相触。

男孩喘上了气。

"今天真是的！"他说，眼睛睁得很大，从鼻子流下的一点鼻涕让他微笑的嘴闪闪发光。我舔了他。

他说的话和杰克今天上午回到圣瓦莱里时说的一模一样。

"今天真是的!"杰克说。

他的夹克破了,好像有人拎着他的后领把他扔了出去,他的左袖从肘部到袖口都被撕掉了,好像他转身用拳头揍那个试图把他扔出去的人。我没问他发生了什么。

他一定是匆忙赶回来的,因为他汗流浃背,汗里的盐分让他的眼睛涌出泪水。

"你有空吗,国王?"他问我。

我点头。他皱起眉头,把头略微缩回肩膀。"听着,"他说,"如果你在城里见到他们任何人——除了科丽娜——叫他们快点回来。尽可能快。"

"出了坏事?"

"你问的问题太多了。"

"这是我的天性!"

"这不是开玩笑的日子,国王。"

他抬起头,越过阿德亚蒂娜街往城里看去。一个事物遮蔽着另一个。成片的办公塔楼触及天空。天空躺在看不见的海上。一扇窗户在闪光。一辆吊车在转动。耳朵里传来嚎叫声。他似乎在寻找某物。有人像这样争取时间,在争取到的时间里他们变得更强壮,他们重新找到力量,这力量来自让他们想起惯常的孤独和忍耐的东西。这样的人反应慢,你能信任他们。

"我给了他们点东西,让他们去思考,"他说,"但是还没完,绝对没完。如果你见到他们中的任何人,把他们带回来,这才是条好狗。"

杰克庄严地走向他的住处。

广场上的男孩想跟我来,我叫他别来,他应该待在这里。我问他住在哪里。

"没人像我们刚才那样快!"他喊道。

我就这样离开了他,溜进一条过道,来到阿

旺坦区，那里有一栋带阳台的建筑，四层楼高，支撑阳台的是没穿衣服的雕刻女像。

"它们标志着，"维柯说，"一个自信的文明，把自己私下喜爱的艺术拿出来公开展示。"

"你能当导游带队了！"维卡打断他。

顶层转角的雕刻女像，石灰白的胸脯沾了鸟屎，正把右手指向一面混凝土墙。沿着她指的方向，狗字母写着：**疯子和癫人**。向右转，找到一条小巷，里面有一只蓝色的瘦手。小巷的尽头是一段金属楼梯，爬上去就到了一个高于地面的火车站。

大多数早晨，阿喀琉斯都在楼梯下。他通常有伤，因为他爱挑衅打架，人家把瓶子砸在他身上。他是个残暴的受害者——这里有很多个。残暴的赢家辨认起来要难得多，因为他们的残暴隐藏在他们的胜利之下。失败者的残暴是稀松平常的。大多数早晨，他脸上都有血。

当他躺在金属楼梯下睡觉时，他的母狗采取一个奇怪的姿势。她的后半身待在路面。剩下的部分摊在战士阿喀琉斯身上。夜夜如此。像这样，她的重量环抱着可怜的笨蛋，所以他只能记住一件事，并忘记其余的。

  想要有一天
    有地立足
  腕部半断
    挂在手中
  多年没有干净指甲
    也没有干净项圈
  现在别溜走
    溜扣
  小小踢一脚
    为了能加速
  消失

  我穿过特雷普托公园。在我左边，散发出坟墓气味的红砖古城墙疾驰。这里的地下到处都是死者。树上第一批叶子长出来了，上百万片，卷曲又苍白，像孩子们学会说话前发出的声音。一株木兰正在开花，花瓣落在它周围的草地上。像微型胸罩的罩杯。

"闭上你的嘴！"维卡嘘道。

我对着树撒尿，当我撒尿时，我观察一个坐在长椅上对着手机说话的男人。他的夹克剪裁得跟杰克的一样好，但他的是用精良的棉布做的，里面还有很多白线。白线赋予他的夹克一种铬的反光。他的电话是黑色的。

"我买的是信誉，"他说，"这是优先事项，收益正在进账，当然了，没问题……"

阿方索的一首失败者之歌就是关于木兰的。"一首冬天之歌，"阿方索解释道，"那时地铁是暖和的而乘客的鞋子是潮湿的，在这个季节，如果一个人在地铁里待了七天七夜还没走上街头，他就永远不会离开，得把他扛出去。"

"太晚了，"穿着铬夹克的男人对电话说，"他们接受了出价！不行，杜克，你不能这么做。如果你做了，你会把我变成一个说谎者，你不能这么做。"

他的眼睛眯得很小，就像正在打电子游戏的人的眼睛。

"是的，这就是为什么我说你把我变成了说谎者。我不会在这些条件下操作。"

第一批带紫色边缘的雏菊在草地上开放。

"听着，我在警告你，"他说，"我正在警告你，现在是星期三早上，如果我到明天下午、星期四下午还没得到确认，如果我得不到确认，我就会穿过马路，你跟我一样清楚我会带什么过去！"

他的喉咙收缩，他必须吞咽，因此他的粉色耳朵动了。

"我给你的期限到星期四下午。如果我到星期四下午还没收到你的确认，我就会穿过马路，清楚了吗？"

他挂断电话，理了理袖口。然后他调整了衣领。他的下巴依然像男孩那样向前戳，他不知道在虚张声势时发生了什么。只要他赢了，他就永远是男孩。

他摇了摇他的电话，好像它进了水，然后拨了另一个号码。"比你想的要快，亲爱的，"他说，"快得多，但我会到那里的。"

他的嗓音告诉我，他在跟一个女人说话。现在他听着，一边听一边从口袋里拿出一个计算器，开始触摸按键。他抬头看。

"滚开！"他喊道，做出朝我扔石头的手势。"滚开！"

我没理他。公园里的土壤散发着遗弃的味道，就像一栋五十年没人住的房子。

在这一会儿之前，我从一个眼角外瞥到一只想调情的松鼠。"你是从哪里来的，水手？"她会这么问。但是土壤散发着遗弃的味道，太多死者离开这里，数世纪前就离开，丝毫没有回来的打算，因此他们的缺席变得越来越明显。每天都变得更清楚，他们不会心软的，他们永远离开了。

穿铬夹克的男人拨了另一个号码。"给我预定一班今晚去伦敦的飞机。"他说。

我靠近，然后吓他。这是我打算做的事。他知道游戏的所有规则，也设定好了一切。然而我的猛咬不是游戏内容，他体内的男孩着迷于我的牙齿。当我低吼时，他的眼睛没法从我的牙上移开。

我看着他的眼睛。他装出要沿小路逃跑的样子，所以我咬了他的脚踝。他跳起来，站到长椅上，双眼茫然。我停在小路上，让他在那边待着。他站在长椅上，犹豫不决。

"好狗，"他说，"你是条好狗，不是吗？"

我假装我竖起来的耳朵是聋的。

"你住在哪里？"他讨好地问道。"你有家吗？"

我低吼。

"我们会成为朋友的，不是吗？"

他不知道我会说话，但在这个情况下他想让

我回答。

我一声不吭。

"你知道吗,"他缓慢地说,好像在跟孩子说话,"我今天还有很多事要做。"

"你很幸运!"我突然回答。

他如此吃惊,如此讶异,以至于把手机滑进夹克口袋,呆站在那里,双手捂着裤裆。

"基督啊!"他低声说。

从一个眼角外,我看到一只松鼠正在靠近。我又盯着男人看了一会儿,然后,就像死者那样,我离开了。

当我转身时,他在小路上,用一只手擦拭他的裤子。

"你会给我买早饭吗?"松鼠问,"我还没吃早饭。"

我走了外面的楼梯,它通往圣阿戈斯蒂诺教堂所在的山顶,从那里你能看到大海。

我要建议维柯和维卡去旅行。我有一个渔夫

朋友。他叫安德斯。他有蓝色的眼睛，一年到头都戴着一顶羊毛帽，脸是竹蛏壳的颜色。不是说他是好人；在冷血无情方面，他是专家。他的船叫"方铅矿"号，那是石头的名字。

我跟他出去过。我躺在甲板上，看着海岸线的岩石。

"你为什么看起来这么高兴？"他说，"你什么都不知道。"

在海里游泳的狗看起来像鼠海豚，而鼠海豚是水手的朋友。我模糊地记得跟水手们一起度过的另一段生活。有时在性交后，这段海洋生活会回到我的记忆中。那段生活里的笑话比现在多。笑声也许并没有更多，但笑话更多。

维柯说鼠海豚和狗毫无关系，因为鼠海豚的名字来自豚，意思是猪。这又是一个例子，说明名字可能是错的。世上超过一半的事物都起错了名字——人不擅长起名。

在安德斯的船的甲板上，快乐到来——这是

我想对他们说明的——快乐到来,因为在"方铅矿"号的甲板上,你不再处于城市中,你摆脱了它。在陆地上,不管你走到哪里,不管你走了多远,你都把那块地方带在身上。你无法摆脱它。在安德斯的船上——仅仅出海1公里——你就摆脱了城市,它的名字不再令你窒息,而船轻轻摇晃。

天气冷的时候,那里的寒冷来自西北风和海浪抽打出的飞沫。它不来自别处。

船乘风破浪,按照安德斯的心意前进。在海里你能航行。这就是我将告诉维柯的话。我想告诉他,在"方铅矿"号的甲板上,维卡将会唱歌。如果他们两个不想回来,他们不必回来。那里很深。

第四章

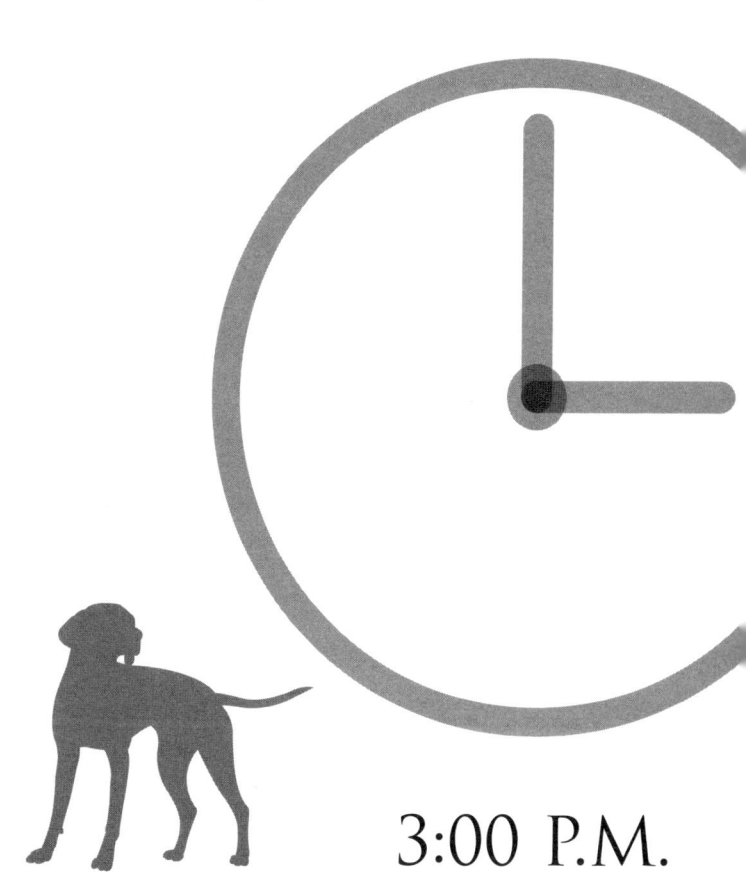

3:00 P.M.

小萝卜卖不出去。维柯坐在鞋店的送货门口,这家店永远在打折,永远在窗户上贴着告示:第二双半价。他的头上下摆动。上方窗台上的鸽子快速点头。让我吃惊的是,维卡不在这里。如果是反过来,我就要担心了。维柯真的会迷路,但维卡不会。她大概在喝一罐啤酒。她可能在唱歌。

他闭上了眼睛,我看得出他没睡着,他想睡着。小萝卜在他左手边的一个纸板箱里,放在人行道上。在他右边,轮子周围有一条锁链的,是我们的第二辆战车。锁链让它难以被偷。小萝卜有甜菜根那样的红色,只是甜菜根上面没有白色。维柯放在人行道上的手指在抽搐。小萝卜的白含有铝的味道。

我曾经认识一条来自南方的松露母狗。她声称，有人向她的主人开价两万买她。"他宁愿留下我！"她伸着舌头说这句话。"你应该看看我们！"她告诉我。"9月的时候，白天依然很长，我们整天工作，我们带着5、6、7公斤回家。我说的是黑色的那种。5月我们采白色的。白色的更隐蔽，它们的香味更幼嫩。"

"松露，"我问她，"闻起来什么味道？""性，"她回答，"没什么比它更像性的了。橡树下赤裸土壤上的性。它们闻起来像雄性。问题是我一个一个又一个地找到它们，自己却没有性生活。采完一天的松露，你会恨它们的气味；就跟在脱衣舞俱乐部工作一样糟糕。此外，如果你不机灵，你的鼻子会刮伤。"

我坐在维柯旁边，看着他。

另一个维柯，名叫詹巴蒂斯塔，生活在两百五十年前的那个，显然写了一本叫做《新科学》

的书。当他写完时,没人想印它。因此在1725年,他卖了自己拥有的唯一的戒指,付钱给印刷厂出版这本书。那是一枚钻石戒指,钻石重5克。也许这个詹巴蒂斯塔不存在,是维柯编出来的。

维柯也跟我说过,意大利有成千上万个维柯。这个名字总是放在另一个名字之前,因为它的意思是"小街"。维柯·加里巴尔迪(加里巴尔迪小街)。在夏天,大多数维柯上都坐着老妇人,晾晒着洗过的衣物,还有失业的年轻男人轮流骑一辆破破烂烂的摩托车转圈。大多数维柯在冬天只有饥饿的猫和葬礼通知。

"詹巴蒂斯塔,"维柯告诉我,"用拉丁语写作,一门已经消失的语言。有一个拉丁词叫 *humanitas*,意思是人们彼此帮助的天性。我的祖先,国王,相信 *humanitas* 这个词来自动词 *humare*,意思是埋葬。他的意思是埋葬死者。据他所说,人的人性,始于对死者的尊重。然而你——你,国王——也埋骨头,不是吗?"

维柯开始大笑。他笑得太过了，不得不伸出小指头挠耳朵，因为耳朵开始发痒。他笑的时候耳朵经常发痒。

"你也埋骨头，不是吗，国王？"

由于大笑、玩笑和发痒的耳朵，泪水涌入了他的双眼。

"我会告诉你，国王，我最爱的来自我祖先的引文。'我们漫步，'他写道，'对人和地方一无所知！'想象一下吧！他是在两个半世纪前在他位于斯帕卡那波利街的普通又朴素的房子里写下这句话的！写下这句话时，他没有想象到我们！"

我看着折扣鞋店门口的维柯，眼睛紧闭，头上下摆动，裤子底部皱起，因而我能看到他白色的腿，我想给他点什么。

在一个叫哈斯拉赫①的地方有个瀑布。水分成两股，当它们落下时，它们相互交织，左边的叠在右边的上面，右边的躲在左边的下面，在它们

---

① 哈斯拉赫（Haslach），德国东南部城市，位于黑森林地区。

后面,第三股黑暗的水流笔直坠落。

如果我能告诉他这三股水的故事,他会靠在鞋店的送货门上睡着。

下游有一片沙滩,大约三块垫子的大小,在沙子上,河流沉积下了一些石头。先是嵌在沙子里的大石头,上面有一些黑色或微红的小石头。小石头待在大石头表面的小凹陷处——我可以用我的鼻子移动它们——然而每颗石头看起来都像找到了世上专门为它打造的地方!如果我能把这些石头的故事讲得足够好,他就不会感觉到戳着他后背的该死的铁制门把手了。

当我站在瀑布下游那里时,我知道生活,生活这个婊子,在第一颗石头存在时就开始了。

人有七层皮肤。水有五层,我能用舌头辨别每一层。第一层皮肤的触感像风,不管空气多宁静,总是有一丝微风。第二层皮肤的触感只有温度。在第三层皮肤上,水流用错误的方式不断轻抚水。第四层是湿皮肤,这一层真的是水。那最后一层皮肤呢？穿过最后一层皮肤，细小鱼儿的细小嘴巴过滤光线。

他现在睡着了。

六个多月来，我们一直带着火盆来这里。我们或多或少占据了这地方，所以没有争吵。这不是别人的地盘。

维柯的笑话就像名叫维柯的黑暗小巷，离林荫大道和灯光很远。一个笑话通往另一个，如果没有麻烦的话。他拿起一个，发现同一个黑暗架子后方还有一个。

"避免争吵，"他说，"争吵会令你分心，难以幸存。如果你输了，你会觉得比平常更失败，如果你赢了，你就树了个敌人。"

四条路在环形广场交汇：拉别纳街、帕利法克斯将军林荫道、五一大道和萨卢斯特街。林荫道很宽，种着两排悬铃木。今天它们的新叶比小狗的耳朵大不了多少。人生下来就像树叶。38号有轨电车沿拉别纳行驶。走下萨卢斯特，有一个叫"黑奶牛"的地铁站。大道上有一个出租车候客点。今天下午在阳光下，一名司机抬起腿，脚从摇下的车前窗伸出去。

人行道很宽，许多人经过。此时，每分钟大约经过二十人。也就是说，一分钟大概有十九次，维柯和我被擦除，不被看见。如果不是这样，那就无法忍受了。

我把头靠在他的手臂上休息。

有比环形广场好的地盘，也有比它差的。人们不停告诉自己：下一个转角钱更多，而世界一天天变穷。真正的财富移到了动物园的位置。

睡着时，脸的年龄永远跟醒着时不同。他的脸在睡着时更老，她的更年轻。作为他们的警卫，我是他们的睡颜专家。是因为我爱着维卡，所以我认为她在睡着时看起来更年轻吗？他比她更筋疲力尽，当他的肌肉放松时，他的脸凹陷，成为一片废墟。做梦时，她回到事物美好的时候。而他前进，我觉得，走向终结。

我的爪子几米外是放红色电动车的停车架。有十几辆，每辆都有自己的号码。它们属于隔壁的必胜客。必胜客的一切，只要能涂成红色，就都是那种红色。送货的男孩们有防水的裤子、夹克、背包和帽子，也是同样的红色。没有哪种花、哪种火焰、哪种番茄是这种红色。这是快速的红色，送货很快的颜色。

有时，一个男孩下了电动车，把前轮推进停车架时，会向我点头。有这么一个男孩——他留长头发——和维柯一起笑，叫他年轻人！"你的火炉烧得挺好嘛，年轻人。"他在2月的一个早晨说，当时天气寒冷刺骨——是这样的一个早晨，天亮前，我在圣瓦莱里听到外面的泥土因为结了冰而裂开，我问他俩能不能听到这声音，他们说不能。无论如何，留长发的男孩对维柯说："想换换吗，年轻人？你骑上这辆该死的车，我来暖暖手。如果你真的很幸运，他们会给你小费，最有可能的是大订单，比如说三个超大比萨和十瓶百威啤酒。他们也许会给你足够买一个布朗尼蛋糕的钱。你不想出去吹冷风对吗,年轻人?你今天早上卖了多少坚果?""一个都没有,"维柯说,"我到现在一个都没卖出去。"

正是在我听到他用蝴蝶嗓音说话时,我想象了他年轻的样子。年轻时,他有一个骄傲而突出的鼻子,鼻孔张开——这个鼻子将要带他走上远大前程,一个智慧的鼻子。在那不勒斯,每天早上它都闻到大海宣布新鲜的一天开始了。在夜里他抬起鼻子,让它指向海湾上方的星星。

如果,我,我想看天空,得做这两件事中的一件:要么把头后仰,仰得非常靠后,进入嚎叫的姿势;要么四脚朝天,做出投降的姿势。用这两个姿势之一,我就能看到星星,并给云朵起名字。

这个冬天我发现了一个新的星座。他很容易找到。你认出天蝎座后,去看反方向的天空边缘,会看到白羊座。如果你先看到白羊座,但是不确定，可以检查一下天蝎座是否在视野的另一边。白羊座南边是小犬座。和猎犬座或大犬座不同。小犬座北边是摩羯座和鹿豹座，在摩羯座和小犬座之间偏东的是双子座阿尔法星和天猫座。骡座位于这个三角形的中间。他的耳朵几乎碰到了双子座阿尔法星。他站在白羊座上方，像这样，他为白羊座遮挡阳光。时不时地，白羊座站起来，用他的角挠骡座的肚子，骡座喜欢这样。

他们被一种牢不可破的友谊联结在一起，白羊座是上天给他多少只母羊，他就上几只，而骡座没有生育能力。维柯说我一定是从其他星座偷了几颗星星来造出骡座，实际上他并不存在。维卡说她见到了骡座，毫无疑问，他当然存在！

今天，维柯的鼻子看起来像一块锤过的木头。"我正在失去嗅觉。"一天晚上他对维卡抱怨道，当时我们三个正在走回圣瓦莱里。"等等再说这话，"维卡说，"等我给你煮我的白菜卷，你一定要用刀把它切开，好让它浸满汁，到时候我们就能看出你有没有失去嗅觉了。"

维柯曾经拥有一个可以发财的男人的鼻子。有的鼻子绝不会摆脱贫穷：我爱舔的那种后街小巷里的鼻子，它们的嘴用日光之下的所有脏话骂我。他的鼻子不同：它很高贵。

他的额头也是。如今他的额头铭刻着急刹车的线条和滑行的痕迹，展示了撞车的经过。之前，当他在制图板上画他的发明时——如果他说的是真话——他的额头就像城市里的一个圆屋顶，女孩们试图用她们留着长指甲的手指触摸它，因为它预示了耐心和权力。他对我提过，曾经有个女孩叫瓦莱里娅，当他提起她的时候，他不停用自己的一根多鳞的手指摩擦额头，好像要试图为了她把滑行的痕迹抹掉。"她打网球，"他说，"还穿高高的白袜子……"

他从不打鼾。这是因为他睡觉时闭着嘴巴，这和维卡不一样。他的舌头撤到了里面。我太尊敬他了，对这些事不愿意说太多。然而我忍不住想象他舌头之前的样子：吃甜瓜，舔信封，在海滩上品尝鱼，寻找维卡的舌头，在大笑中跳动。

嘴巴紧闭，双眼紧闭，门在他面前紧闭。我站起来，走过去舔他的脸颊。

他睁开一只眼睛，右边那只，也就是爱开玩笑的那只，在它的惊讶中，在这个半睡半醒的时刻，他背后该死的铁把手还没被想起，有一秒钟时间，在它的惊讶中，我看到了曾经存在其中的希望。

他睁开双眼，用指头拨了下衬衫的领子。

"国王，"他嘟哝道，"你到这里了。我们回家吧。"

"我们得等维卡。"我告诉他。

"我正在努力遗忘。"

"是的，但我们必须等维卡。"

"有些日子我成功了，国王，在我做到时，它没带来我以为会有的解脱。我遗忘了过去，别的事情进入我的脑海，和过去一样糟糕，因为我对它不习惯，那种感觉更糟。我遗忘了，不再问自己五年前做了什么或没做什么。我停止问自己为什么不更加注意火险。我停止思考为什么我没听最后的警告，最后那一个。我放下了过去，它离开了，下一个小时占据了它的位置。下一个小时，国王！"

我什么都没说。我能说什么呢？

"是的，下一个小时。它取代了过去。下一个小时没有重量，它什么都不携带，它没有文件，没有名字和地址，没有电话号码，它仅仅等待。而我，我已经知道我不会在下一个小时做不得不做的事。我得把那个小时终结。通过把它终结，我终于在失败上签下了我的名字。

我知道我不会，国王，我做不到在下一个小时内终结任何东西。这是最糟糕的。失败走开了，就像过去所做的那样，它没有获得签字就走开了。什么都没留给我。空无一物。钟告诉我一个小时过去了。下一个小时是另一个，正在等待。而我一无所有，一无所有，一无所有。"

当他重复**一无所有**这个词时，他抚摸我的头，以获得安慰。

"不，这不是真的。"

"怎么不是真的？"

"幸运的维柯！"我嘲弄他。

"别烦我。"

"我们有小屋，我们有维卡。"

"为什么你不说**你**？"

"我？"

"别算上我。"他说。

即使当他绝望时，他的声音也是轻盈的，好像它在朗读一本很早之前写成的书里的词语。

在萨卢斯特的另一边，理发店上方，我发现了一幅新的狗画。那些狗一定是爬上了一辆货车的顶部，才能喷到这么高的地方。它被涂成了蓝色和白色，画的是一道正在落下的浪。水旁边写着弯曲缠绕的字母，组成这个词：**WRACK**

(遗骸)。

维柯的手现在按着我的腰腿,我感觉到的沉重压力,正是他的声音里所缺少的重量。

"时间逝去,"他正说着,"而十次里有九次,逝去会把事情变糟!这对文明或知识来说并不成立,但是对于任何孤独的身体来说千真万确。即便是蚯蚓的身体。当时间愈合时,是为了引出疼痛,把疼痛变久。无可挽回,每一天,随着时间的逝去,回头路变得更长。这就是我每天早上走出小屋撒尿时心里想的事。"

"要是我每次撒尿时也这么想就好了!"

"我们这天又走远了。"我对自己说。现在,没有我,维卡还能回去。她会找到路的。再远一点她可能就回不去了,但今天可以。她应该离开。

"我有一个渔夫朋友,"我告诉他,"他的名字是安德斯,他有一艘船,叫'方铅矿'号。你俩为什么不跟他出去待一天呢?你和维卡。"

"你应该离开我，把她带回去！"他说。

"冬天结束了，"我提醒他，"接下来六个月不会发潮，我还给你找到了一条船，让你巡航。"

"一条狗能近视到什么程度？"

"有的狗变瞎，别的狗领着瞎狗。"我说。

一位摩托车信使停车，到必胜客买了一瓶法奇那橙味汽水。摘下头盔，跨坐在摩托车上，他把橙汁倒下喉咙，它冲走了灰尘，它的凉爽伸出甜蜜的手抚慰他的疲惫。"法奇那。"

"你说了什么？"维柯问。

"我说信使喝的法奇那。"

"你在走神，国王，走神得太远啦。"

"我认识一条叫马修的瞎狗。他很老了，比你还老很多。"

"没什么会比我老。"维柯说。

"他的主人非常有条理，"我继续说，"他的主人专门学过条理——事情是如何彼此联系起来的——是在科雷马①的一家战俘集中营清理森林的年月里学的。被释放后,他回到家,当时母亲和一条叫马修的小狗生活在一起。多年后,母亲死了,马修变老,瞎了。"

"这人从没结婚?"

"他说他组织不了两个人的空间,他就像寄居蟹。古拉格造成的后果。"

"俄国人?"

"俄国人。他每天带马修散步,把他喂得很好,天晴时跟他一起坐在花园里。他们说很多话。马修现在了解很多集中营的事。"

"他有钱吗?"

"不,他很穷。有时他夜里出去跟朋友喝酒。如果是冬天,他就把马修留在火炉旁的毯子上,如果是夏天,就把他留在葡萄藤下的露台上,开着门。"

---

① 科雷马(Kolyma),俄罗斯远东地区的低地,苏联时期此地有战俘营和劳改营,即古拉格。

"他听起来挺有钱。"

"和我们比,他听起来算富裕,但他不富。不管他夜里出去前把狗放在哪里,他总是在地板上铺一条报纸路。这条路通往放马修的食物的盘子和一碗水。像这样,瞎狗只需要用爪子跟着路走。"

"他为什么不能跟着他的鼻子走?"

"他的鼻子也不灵了。"

我不再说话。我们听38号有轨电车沿街开过来。

"这个俄国人叫什么名字?"

"瓦季姆。"

"这是一个关于报纸的故事?"

"关于一个男人和一条狗。"

38号有轨电车的声音消失了。

漫长的停顿后维柯说:"当然,小屋对我意义重大。我不会忘记你和我在街上的时候。我不会遗忘。当我死了,我会记得小屋,遗忘我住过的所有其他地方。在我的记忆中，它们已经变得像旅馆了，除了画家，没人把旅馆记得很久。他们记得旅馆。我不知道为什么。"

"狗画家？"

"我有一幅旅馆卧室的画，德普莱西画的。卧室里有一面椭圆形的镜子和蕾丝枕头，床头有能拧下来的黄铜球。"

"如果只是幅画，你怎么知道它们能拧下来？"

"你一点也不关心艺术，国王，也不怎么关心记忆。"

"在记忆上，我每次都能打败你。"

"维卡在哪里？"

"她很快就来。她离这里不远。"

"你确定？"

我把鼻子抬到空中来说服他。

"没有她你就不知所措了，不是吗？"维柯对我说。"趁还有时间，把她带回去。维卡很喜欢那幅德普莱西的旅馆卧室画。我在罗马买下它，把它挂在我们位于苏黎世的办公室兼公寓里。那是戈尔特斯①的繁荣期。这种布料是从太空项目上淘汰下来的。戈尔特斯膜用两种不同的聚合物做成——聚四氟乙烯（特夫纶），它是疏水的；另一个聚合物是疏油的。特夫纶膜每平方英寸含有九十亿个气孔。"

从马路对面的理发店里走出一个女孩，她穿着浅蓝色的工作服到人行道上抽烟。我放松下来，因为维柯迷失在了记忆中。当他这样谈话时，他的鼻子会挡住他的嘴，声音变得几乎听不见。就算我去撒尿，他也不会注意到。

我回去时，他依然在苏黎世。

"有一个贴了瓷砖的火炉，一直连到天花板，瓷砖上画着郁金香。雪花郁金香，叫这个名字是因为她们的花瓣有齿状的边缘。维卡和我在认识五天后搬进了那里。"

---

① 戈尔特斯（Gore-Tex），由戈尔等人共同发明的防水透气性布料，美国注册商标。美国宇航员们的航空服曾由此种面料制成。

"你们那时没结婚?"

"没有。"

"你们从没结婚?"

"没有。"

听到两个"没有"后,我不再追问,即使在其他时候,我会舔他的眼睑。"没有"在这里的意思是:别问了!

"维卡和我能从卧室的窗户看到湖。"他呢喃道。"火炉造在把卧室和客厅分开的墙里。它一定可以追溯到世纪末[①]。"

"就是我们现在身处的时代,不是吗?"

"是上一个。你毫无历史感,国王。房间很小,从床上,我们能清楚地看到瓷砖上画的郁金香。她们被涂成蓝色。带齿状花瓣的雪花郁金香。"

我注意到马路对面的理发店女孩走进去了。

"一天早晨我半睡半醒——我们那不勒斯人早晨需要咖啡,荷兰人不一样,不管怎样,维卡

---

① 原文为 fin de siècle,专指 19 世纪末。

不一样——她起床煮咖啡,当她端着咖啡回来时,一滴还没喝,她就对我长篇大论了一番郁金香。"

"她说了什么?"我问。在我看来,一段快乐的回忆更多的是起保护作用,而不是往伤口撒盐。

"她说郁金香来自荷兰,明信片是垃圾。我告诉她我以为她们来自土耳其。'我要说的是,'她说,'你得看一朵郁金香,你得每小时都看她!所有郁金香都是女人,概无例外。男人是秋海棠、蒲公英、水仙,你想说什么都行,但不是郁金香。每小时都看着一朵郁金香,詹尼,你会看到她怎么开怎么合。就像一只眼睛!'"

"她那时不叫你维柯?"

他没有理会这个问题。

"所有花都开合,但郁金香有自己的方式,"他复述她的话,"她们有六枚花瓣,就像我们有两条手臂、两条腿、一个躯干和一个头。闭上眼睛,詹尼,想象。"

背靠鞋店的送货门,我的头搭在他那与常人

手臂一般细的大腿上，维柯闭上了眼睛。

"'两片花瓣在中间合拢成钱包状，'她解释说，'另外四片在外面围成一圈，肩膀重叠。当一朵郁金香合上时，子弹也打不穿，詹尼。世上没有任何东西比一朵闭拢的郁金香更紧闭，没什么能违背她的意志，把她打开。你能践踏她，你能把她撕碎，你能在一秒钟里毁灭她，但你不会拥有一朵开放的郁金香，你会拥有一个罹难者，你会制造出某种你不想看的东西。'这就是她说的话。"

"她为什么叫你詹尼？"

"坐在床上，她看着我说：'不仅如此。当一朵郁金香自愿开放时，她的六片花瓣向后弯。形成钱包的两片现在把手臂伸向天空，另外四片向后弯得如此远，以至于她们的手伸过头顶，触及了地板！像这样！'她扔掉睡衣，向我展示花的样子，整个美妙的身体弓成拱形。"

"她为什么叫你詹尼？"

"因为我当时叫那个名字。"

我们两个看着许多双脚经过萨卢斯特街。每条街都有一个能让你掉进去的黑洞,世上所有街道的所有洞都在同样的黑色中汇合,那里有一切,但看起来一无所有。

"她依然能做到,如果你把她带回去。"维柯说。

"看着我!"我说,"我的状态比你好不了多少。我能怎么把她带回去?"

"你认识事物之间的路。"

"这里的东西我能领人通过,但是对于你要的东西,你需要证件,我没有。"

"不只是证件。你需要的是我不再拥有的东西,而你依然拥有。这就是为什么人们跟你说话。连我也这么做。你知道为什么人们跟你说话吗?他们想让你震惊。而你并不震惊,所以他们继续说。你见过了一切,你足够疯狂,想继续见识世界。这就是为什么你得把维卡带回去。"

"我不会丢下你的。"

"没什么可丢下的，只是一些没卖掉的小萝卜。"

"维卡说的对，"我说，"你应该懂得感激。"

"等我死了，我会感激的。我会带着感激之情回忆小屋。小屋是我这辈子拥有的最棒的东西。小屋里，我们三个在里面。待在里面，这太宝贵了。我来自那不勒斯，那里的地基是希腊人建的，庙宇是罗马人造的，我毫不含糊地告诉你，圣瓦莱里的小屋是我这辈子拥有的最好的东西。这足够了吗？"

"我从没听过任何人像你这样说话。"我告诉他。

"当然没听过了，我没在说话。"

"没在说话？"

"你在听。此外无事发生。什么事也没有。看着我的嘴唇，它们没动，不是吗？小屋是我这辈子拥有的最棒的东西。问题是我得在里面生活，而我没有活着的理由。"

"你有小屋。"

"我得在里面生活。"

"是的。"

"都结束了。"他说。

"只有上帝能帮忙。"我用我的眼睛告诉他。

"有些地方上帝不去。"

"空地?"

"不。这里。"他用手指像枪那样指着自己的太阳穴。

"维卡就要来了!"我迅速告诉他。

"你能看见她吗?"他问。

"不能。"

"她在哪里?"

"她正走在树之间。她的名字飘在空中。"

"我看不到她。"他说。

"你会对她说什么?"我问他。

"'你花了好久才来!'我会告诉她,'但你还是来了!'"

"'我点了一根蜡烛!'她会说。"

维柯和我都知道这是她说她喝了一罐啤酒的方式。

她到了,坐在那箱没卖掉的小萝卜旁,把背靠向折扣鞋店的送货门。我们三个叹气,好像刚死里逃生,终于团聚,可以放松一下了。谁都没说话。

我最喜欢做的事情之一是待着不动。

过了几世纪后,维卡说:"我脚疼。"

第五章

5:30 P.M.

"红色,"维柯有一天告诉我,"是牺牲的颜色。"

"真的吗?"

"痛苦和胜利,"他说,"都是红色的,当然还有血液。"

"血液不是一种颜色,它是一种味道。"我低吼。

"有些红色是杀戮,其他的是治愈,"他继续说,"比如屠宰场和天竺葵,国王。"

有时我为维卡感到难过,有时我相信维柯疯了。

"天竺葵闻起来像潮湿的银器,"我嘲弄他说,

"去红绿灯旁边的水泥棺材里闻闻它们。"

然后我又因为觉得他疯了而感到羞愧。圣瓦莱里的每个人都需要一点疯狂才能在重创后找到平衡。就像拄着棍子走路。疯狂是第三条腿。比如说我,我相信我是一条狗。这里没人知道真相。

维柯在谈论红色,是因为萨卢斯特街上我们旁边的必胜客。它的制服是红色的,它的店面是红色的,它用来装比萨的背包是红色的,它那挂在金属框、脚放在人行道上、被海风吹倒、像一个喋喋不休的醉汉的商标是红色的,它的电动车是红色的,它的钱袋是红色的,它的电话是红色的。

我已经跟你说过必胜客了。我一直能看到它。它不走开。所以我再跟你说一遍。尽管我们就在隔壁,他们却从没给过我们任何东西。红色的必胜客里没有浪费。那里最便宜的比萨是"玛格丽塔"。

"'玛格丽塔'是一项那不勒斯的创造物,国王,最早在 1830 年做出来献给萨伏依的玛格丽塔①,向王后殿下传达我们城市的忠诚。它有着与国旗相同的颜色:红色的番茄,绿色的罗勒,白色的莫泽雷勒干酪!"

我把眼睛盯在他俩身上,他们坐在用战车装来的纸板残片上,好让人行道不那么冰冷和粗糙,隔绝别人不会注意到的尘土,他们坐在纸板上,背靠鞋店的门。他们坐得很近,随意,不假思索,只有亲密者才能做到。关于他们中的任何一个,你都不能假设任何决定性的事。尽管每天都来,他们在这里却像纯属偶然。然而这是一个选择,是对问题的回答。

他们两个可以待在圣瓦莱里。他们为什么来萨卢斯特?来卖栗子和玉米。如果维卡一个人来,是为了凑点钱。然而他们为什么每天来?他们来这里是一种回答"不"的方式。

"他们不会那么容易就摆脱我们的!"一天早

---

① 这个说法不符合史实,萨伏依的玛格丽塔(Marguerite de Savoie)出生于1851年。流传比较广的说法是一位大厨在1889年把这种比萨命名为"玛格丽塔"。

上,当维柯不想起床时,维卡对他说。

"有什么区别?"

"我们不能躲在这里,"她说,"不能整天躲在小屋里。你病了吗?"

"不,我没病。"

"我们一起去,亲爱的,带上国王。"她说。

我扫视街道。它是一条平缓的上坡路。它不陡峭,但是独自坐轮椅的人会从手臂上感受出来。楼房均为三层,所有前屋的凸窗都伸到人行道上方,好像公寓们在等待一个巨人在夜里把它们运到别处,而这是为了给他的手指机会,让他能牢牢地抓住二楼下面,因而能一下把商店以上的一切抬起,把上面两层带去一个更幸福的地方。在坡顶,电车轨道消失,街道陡然下坡,所以你看不到车流和行人,只有遥远、模糊的街区以及那里的烂尾办公建筑群。就是在那时,我看着这个远处,头靠在爪子上,心想,它在哪里停止?

玛拉克给我看过利贝托给她的一枚金戒指。

"当他把它偷来的时候,"她说,"他不知道自己得到了什么,是我发现了它的秘密。戒指内部是一种坚硬的白色金属,不是金子,金属上面刻着一些字。我看不出写了什么。它们太小了,还是反写的。你需要一面镜子。所以我把戒指戴到手指上,国王,它很紧,我得用肥皂。现在看着!我会为了你把它摘下来。等等。好了!我手指的皮肤上写了什么?**勿忘我**。这三个字绕着我的手指印了一圈。想象一下吧。你可以舔我的手指,国王,舔一下,它们不会被舔掉的!"

也许这和我那片海滩附近河上的三座桥相同。它们在水上印着**勿忘我**。除了夜色一片漆黑时。

突然,维卡大喊,"就算在沙漠里你也卖不掉一瓶'舒味思'通宁汽水!"

她的音高让我觉得她至少喝了两罐啤酒。

"你什么都卖不掉!"

我认得这嗓音。这是相信尽管困难重重,自己依然能拿一切开玩笑的嗓音。

"你把你的帽子给我摘下,把它放在人行道上。"那嗓音命令道。

维柯的眼睛比我的眼睛能达到的最悲伤的程度还悲伤。他也认得这嗓音。

"你知道我要做什么,"那嗓音说,"我要唱歌。"

"不,维卡,你累了。"

"我不累。"

"那我累了。"

"你以前常对我说我有一个金嗓子,你不再喜欢我的嗓音了?"

"别在这里唱,维卡,这就是我的全部要求,别在这里唱。"

"我要唱《清教徒》①里的咏叹调《耳边响起他的声音》。我知道我没有卡拉斯②的嗓音。"

---

① 《清教徒》(*I Puritani*),意大利作曲家贝利尼(Vincenzo Bellini,1801—1835)创作的歌剧。
② 卡拉斯,即玛丽亚·卡拉斯(Maria Callas,1923—1977),美籍希腊女高音歌唱家,曾唱过《清教徒》。

"不再有了,没有了。"

"如果你卖掉了小萝卜,我就不必这么做了,不是吗?摘下你的帽子,把它放在人行道上,我们会试试唱贝利尼。"

她等着我们笑,我们没笑。她拿起没卖掉的一捆小萝卜,开始啃其中的一根。"我饿了。"她说。她拿出另一根小萝卜递给维柯,他摇头。然后她把整捆扔回纸板箱。

"我在等帽子。"

"现在不要。"

"为什么不?"

"我叫你别唱,维卡。"

"我喜欢唱歌,我一直喜欢唱歌。"

"改天吧,今天别唱。"

"如果我唱了,我们能带点钱回家。"

"我不这么认为。"

"不和你在一起时,我唱的——问他吧!"

她朝我点头。我站起来,把头靠在她的肩膀。

有时她唱歌，这是真的，有时有人四处摸索，找一枚硬币给她，但没人听她唱。维卡不像阿方索。她在脑海中爬上音乐，好像那是一列她要赶的电车。没人意识到她在为他们而唱。阿方索一直看着——提防警察，也寻找微笑。他的眼睛说："我在唱你想听的歌，不是吗？我们一起在这里，记得吗？"人人都把手伸进口袋。可怜的维卡闭上眼睛，单独坐电车到终点站。

"关于小萝卜，你说的没错，"维柯说，"我没法卖掉它们。玉米卖得不错，那是男人的农作物。"

"你为我的嗓音感到羞耻吗？这是你的意思吗？"

"你有一副美丽的嗓音，维卡。"

（这是圣瓦莱里铁炉上两升装罐子里其他物品的清单，维卡和维柯的私人珍宝的最终清单：一个胡桃，一个香槟塞子，一个阿尔法·罗密欧汽车钥匙扣，一塑料袋的红沙子，一条白色缎带，一张维卡婴儿时期的浮雕照片，一个葡萄酒色的发网，一个曾属于维柯母亲的圣雅纳略小雕像，还有一张来自波佐利①的明信片，上面用维卡的字迹写着 ZIZZA。ZIZZA 的意思是奶子。）

"你以我为耻！"

"不。我是因为你利用你的嗓音而羞耻。"

"如果我年轻些，维柯，你能猜到我会利用什么吗？"

"别说了！"

"我俩都能靠它生活。你能猜到，不是吗？"

"我们回家吧。"

维柯困难地站起来，抓住战车。

当我们睡在街上，维卡没和我们在一起时，维柯有天晚上对我讲了他的第一个发明。"那是在我拥有工厂前很久的时候，国王，我那时十七岁。我有一个叔叔患有多发性硬化症。他不能用手或腿做任何事。他只能听、观察和说话。他经常对

---

① 波佐利（Pozzuoli），意大利南部港市，有许多观光景点。

我说话。他和我姑姑,也就是他妹妹,住在斯帕卡那波利区①。她当裁缝。他们很穷。他酷爱听收音机。他知道世上正在发生的一切,他是第一个劝我读詹巴蒂斯塔的人。然而他不能自己换台,他不能使用自己的手。他得打断他妹妹,叫她来收音机前转动旋钮。这意味着她不得不停止工作。因此他经常听他不感兴趣的东西,免得打断他妹妹。他告诉我这件事后,我看了看收音机和它的调音钮。我画了几张图。然后我发明了一个他能用鼻子操作的调音钮!"

"我们会有钱的,"维卡尖叫,"而且你很快就会习惯,如果我年轻四十岁!"

"我求你了,维卡——"

"我会每天从晚上做到早上4点,我会在3点接最后一个客人!"

"请停下来……"

---

① 斯帕卡那波利区(Spaccanapoli district),那不勒斯最典型的街区之一,以斯帕卡那波利街(意为"那不勒斯划分者")命名,这条狭窄的主街笔直穿过那不勒斯的老城区。

"你在失去一切之前等待了太久,维柯,你本应在我更年轻的时候这么做,那样我就不止能用嗓音帮助你了!"

"回荷兰去,"维柯喊道,"带上国王。回到你阿姆斯特丹的哥哥那里!"

"哥哥!"

"他有义务收留你。回去吧。趁还有时间,回去吧。离开我。"

"你等得太久了。"她喊道。

他俩现在都站起来了,对彼此大喊大叫,路人嫌恶而警惕地避开他们。

路人看到又多了三个瘟疫受害者。内心深处,人人都知道,关于这场瘟疫,没人在说实话。没人知道它挑选了谁以及是怎么挑的。因此到处蔓延着对感染的恐惧。

"当鼠疫在1656年袭击那不勒斯时,国王,死了七成的人。"

我们制造了这样的景象,我们三个——一个

老男人、一个老女人和他们的狗——在送货门口彼此叫喊，站在纸板残片上，手肮脏肿胀，眼睛迷蒙，没有做出任何努力来改善他们的命运，漠视希望和道理。这个景象令人反感且有传染性。它使自信衰竭，而缺乏自信会降低免疫力。

"把他们冲出去，"一个手里拿着电话的男人嘟哝道，"我们应该用水管把他们从街上冲走。"他经过时踢了我一脚。

"我不会离开你的。"维卡喘着气说。

"没有我，你会活下去。"维柯回答。

"不。"

"把战车留给我，带上国王。今晚开始。"他说。

"绝不。"

"这里没有任何任何任何东西值得你留下。你自己这么说的。"

"我从没说过这样的话，看在基督的分上，我没说过。我只是说把你的帽子摘了，我好唱歌。"

"我不想让你唱。"

维卡开始哭。小颗的泪珠从她的鼻子两边滚落。她坐下,后背靠在送货门上。他也是。他们的肩膀相接触。我试图舔她的脸,而她把我推开。维柯看了看他的手表。

"我不会在接下来的一小时里做必须做的事。"他说。

维卡安静地啜泣。

"让我们睡一会儿。"我说。

她把头靠在他肩上。

"我们应该出发了,"他说,"过两个小时天就黑了。"

"我有手电筒。"她闭着眼睛说。

我观察路人的脚踝。男人的。女人的。裤子里的,紧身裤袜里的,光着的。他们穿锐步、厚底鞋、运动鞋、高筒靴。办公室正在关门,它们的百叶窗拉下来了。所有鞋子的侧边都比今天早上更靠近脚踝了一点,近了一层薄饼的距离。每个人去上班时都更高，回家时都更矮。

两人都闭上了眼睛。天上的云朵正在穿过街道。在这座海滨城市，所有云朵都被风撕碎。它们从不在此停留，每朵云都在离开。密卷云。荚状高积云。

"再待五分钟我们就走。"维柯宣布，没有睁开眼睛。

我记起了我还没告诉他们杰克的口信。

"他想让每个人都早点回去。"我说。

"谁？"维柯问，眼睛依然闭着。

"'男爵'杰克。"

"为什么？"维卡问。

"他遇上问题了。"我说。

"你等他了吗？"

维卡的问题如此愚蠢，我假装没听见。她总是让你跑回她身边。和维柯在一起，你能肩并肩小跑。

"他到市政厅了吗？"她问。

"他的外套被撕碎了。"我说。

"我喜欢他今天早上的外套。"她说。

"再待四分钟我们就走。"维柯宣布。

我听到一辆必胜客电动车的嗡嗡声,音调像发怒的蜜蜂一样高。蜜蜂是另一种与我们相似的造物,都是恐惧的专家。它们蜇恐惧。

骑手把前轮推进停车架的凹槽,同时熄灭发动机。我不用睁眼就知道他在做什么。这是例行公事。他会摘下他的红色头盔,打开电动车后座的红色盒子,盒子大到能装八个超大芝心比萨,他会拿出他的红色背包,进店里看看有没有另一个外卖订单。时间还早。上一个订单是送给四个刚上岸的水手的。

我能从他们的呼吸判断他们睡着了。猫穿过他们的胡子能通过的地方。对我们来说是耳朵。我说这些是为了不想其他事。

危险!非常近的危险。喇叭一响,一堵墙轰然倒塌,这是一辆装载很满的 25 吨卡车拼命刹车时制造的噪音。我还没反应过来，就已经四脚站立着观察了，毛发竖起。我看到了什么？

刹车的卡车在马路另一边。司机愤怒地在空中上下挥舞拳头。马路这一边，几辆轿车、一辆货车和一辆出租车停了下来。一切都在等待。一辆电车从山坡驶下。

在马路中央，理发店的女孩跳着过去，出来抽烟的女孩，涂着黑加仑颜色指甲的女孩。她刚经过卡车，卡车和司机一样，依然在发抖。她不再穿着工作服，而是穿着一条非常短的蓝色连衣裙，上面带着缕缕白色，就像天空和撕碎的云。她蹦蹦跳跳，又跑又笑，双臂伸出，大拇指向上，手指分开，头发梳到耳后，她正在黏合萨卢斯特的空气，一路走向我们身边的红色电动车架。

在电动车架边，一名骑手敞开短上衣，头发披肩，头后仰，从瓶子里喝水。他知道她正走过来。他在为她冷却自己的嘴。

他缓慢跨了一步，来到路边石上，抬起双臂，而她扑进他怀中。她那涂了黑加仑色指甲的手抓着他背后的横档。卡车司机微笑，做了另一个手势——摘水果的手势。他松开离合器，卡车和它的十六个轮子向柏林摊开。

"国王，"维卡低声说，"过来，我有话告诉你。安静点，别把维柯吵醒。"

"你看到她让车流停下了吗？"我问她。

"不是，是他。"

"他一直在人行道上，"我说，"就像一坨狗屎。"

"就是他！"她坚称，抬高了嗓音。

"你一定闭着眼睛，"我告诉她，"你一定打瞌睡了，让车流停下的是她。"

"没有他，她办不到，这是我想说的。"

"他都没在看。"

"他在那里！这才是要紧的事。"抬得更高的嗓音说。

"他们正在接吻。"我说。

"他在那里,"她继续用抬高的嗓音说,"他在那里,这让一切都变得不同了!她看见他站在那里。那里之前没别人。它甚至不是一个像空座位那样的无人空间。那里没有位置容纳任何人。那是该死的永远不变的萨卢斯特……突然他出现在了那里。"

无所顾忌的嗓音现在改成了咕哝。"她走出了理发店,国王,她完成了一天的工作。她换了鞋。你整天站着做头发时穿不了高跟鞋,她走出理发店,瞥向马路对面的必胜客,在那里见到几个他的伙伴,戴着红色的头盔,她不喜欢他们,她觉得他们糟透了——她压根没料到此时会见到他,他们的约会在两小时后,他已经在那里了!他在那里,国王,穿着红色夹克坐在电动车上,仰着头从瓶子里喝水。她将会跑向他。'如果他在那里,'她对自己大喊,'车流今天杀不死我!'她直接迈下人行道,没有等待。如果你没跟自己说车流今天杀不死我,你不会这么做。她迈下人行道,大笑着走上马路，车流为她停止。"

"他们正在接吻。"我又说了一遍。

"车流今天杀不死我，"维卡重复对自己说，"因为他在那里，因为他在那里！"

我能看出理发店女孩熟悉他的嘴，她知道要伸到哪里，她正在用一根手指摸他的眼睑。

"我现在要告诉你一些事，国王。很久以前，我和她一样年轻。我和我的朋友萨斯基娅待在一起。她嫁给了苏黎世的一个验光师。我当时在那里的艺术学校上一学期的课。那时候我的脚很小，我穿一双白色凉鞋。你想象不出我那时的样子，国王。不是说我很美。我当时那么新鲜，那么健康。我觉得我当时会发光。我独自走在湖边，舔着一个冰淇淋。8月，一个炎热而阴沉的下午。开始下雨。雨下得如此之大，把叶子都从树上扯下来了，当雨点落到湖面时，湖把雨点吐出来，就像你往油锅里扔薯条时油做的那样。我穿着一条棉质连衣裙。我依然记得它。一种非常深的绿色，就像月桂。月桂叶的绿色和我长而直的金发很搭。开始下雨时,我跑到马路对面最近的门口,把一本光面杂志举在头顶,在门口那里我继续舔我的冰淇淋。我那时不懂冰淇淋。对那时的我来说,某些冰淇淋表面涂了巧克力,有的没涂,还有棒冰,这就是我知道的全部。将要教我了解那不勒斯的冰淇淋的是他,但他还不在那里。那时候,一个荷兰女孩怎么会了解冰淇淋呢?"

我只在一辆去汉堡的卡车上遇见过一个荷兰女孩,我用眼睛告诉维卡。夜里她在卡车后部和司机性交。

"舔着我的冰淇淋,我见到一个把公文包举在头顶的男人,他在雨中奔跑,好像脚上运着球。起初我想笑。我觉得我确实笑了。他踮脚踮得太夸张了。然后我看到他正跑向我所在的同一个门口的躲雨处。他在我身旁站定,把公文包放在地上,用另一只手掸了掸淋湿的双肩,调整了他的白衬衫的纽扣,然后轻柔地把水从头上甩掉,就像你有时做的那样。在那之后,他转身看我。"

"英俊吗?"

"什么是英俊,俊狗狗?"她用手指抚弄我的耳朵。

"你想跟他走吗?"

"我不认识他。我不关心他。他穿得不错。我认为他可能是意大利人,因为他跑步的方式,好像他正在脚上运球。他不是一个能被你轻易绊倒的男人,这我看出来了。当然我没想着跟他走。关于怎样的男人算英俊,没有哪两个女人会达成一致意见。那不是一件你能衡量的东西。无论如何,它会变,不是吗?它来了又走。它会走的。"

我特意不去看维柯。维卡,如果需要的话,会割开某个喉咙。在那之后她会眯起眼睛,但是如果不得不做,她会做。他不行。他做不到。他最可能做的是爆掉自己的脑子。

"用一把贝瑞塔手枪?"她低声说。在此之前,我从不知道维卡能读出我的想法。

"他曾经带一支在身上,"她微笑着说,"当他被克莫拉①威胁时。你说得对,他绝不会用它,但他告诉所有人,还把手枪从口袋里掏出来给他们看,因此它以另一种方式保护了他。那是一支铬做的贝瑞塔。他们有一次说,如果他不付钱,他们就会关掉他的工厂。那时候,他的工厂在基艾亚滨海路②上。"

此时在人行道上睡着的维柯,把拳头放到嘴边,就像婴儿睡觉时那样。

"他说了什么?"我问。

"他说,不,绝不。"

"他在苏黎世说了什么?他第一次在门口对你说了什么?"

"他什么都没说。维柯从来不是那种因为紧张就说话的人。我也什么都没说。他有十足的把握。

---

① 克莫拉(Camorra),那不勒斯的一个秘密组织,进行敲诈勒索等犯罪活动,类似黑手党。
② 基艾亚滨海路(Riviera di Chiaia),那不勒斯的一条长街,位于那不勒斯湾沿岸。

不在他的头脑里——那不是自负。他的把握在他的脚上，在他的身体里，就像一只动物。"

"比如说我。"

"不像你，你总是害怕。你没有自信，国王，让我们面对现实吧。他像一头鹿。也许鹿很蠢，但他们有把握。你能从他们站立的方式看出来——他们被造出来的样子，似乎从蹄子到角都不含一秒钟的犹豫。他像那样站在我旁边，我回看他，非常冷静。依然有雨滴顺着他的长鼻子流下来。最后他说话了：'所以我俩都游上岸了！我们两个。我的名字是詹尼。务必告诉我你的名字。'他说话的方式很奇怪——好像他在读歌剧的剧本，他讲带意大利口音的德语，好像他不得不唱瓦格纳但更喜欢威尔第①，尽管我那时不知道他多爱歌剧。我那时对他一点也不了解。他在那里，仅此而已。我对自己说，车流今天杀不死我。"

---

① 瓦格纳（Richard Wagner，1813—1883）和威尔第（Giuseppe Verdi，1813—1901）分别为德国作曲家和意大利作曲家，他们的歌剧剧本用各自的母语写成。

"我遇见他时，他的嗓音也是我注意到的第一样东西。"我告诉维卡。

"到你遇见他时，他不是同一个人了，国王。"

"他拥有相同的嗓音。"

"这就是嗓音的可怕之处。"她说。

"然后呢？"我问。

"他请我喝咖啡。我问他是做什么的。他说他是个发明家。"

"他跟你讲了他叔叔的事吗？"

"没有，他跟我讲了他的工厂，他跟我说我的连衣裙非常美。他说有一幅画叫《暴风雨》，上面的绿色风景和我连衣裙的绿色一模一样。"

"乔尔乔内[①]画的。"

"你到底是怎么知道的？"

"他告诉我的。"

"有什么是他没告诉你的？"

---

① 乔尔乔内（Giorgione，1477—1510），意大利文艺复兴时期画家，属威尼斯画派。

"他没告诉我他遗忘了什么。"

她开始擦拭双眼。

"我什么都没遗忘,"她说,"我当时每天见他,然后他不得不回意大利,回到工厂。我疑惑他有没有结婚。"

"他没结。"

"我知道,但那时我不太相信他。"

"然后第二个月他回到苏黎世,你搬进了他的公寓?"

"你知道的太多了,国王,多到了对你有害的程度,这就是为什么你总是害怕。"

"在他的公寓里,有一个贴了瓷砖的火炉,瓷砖上有郁金香?"

"没有。"

"这是他告诉我的。"

"没有带郁金香的瓷砖。"

"算了。"我说。

"他什么时候跟你说起郁金香的?"

"我不记得了。"

"是我后来买了带郁金香的瓷砖,"维卡说,"作为给他的惊喜。"

"好的。早一点,晚一点,没什么区别,他爱郁金香。"我告诉她。

这是我喜欢把头靠上去的地方的清单。在维柯身上,是他最后一根肋骨下靠近心窝的地方,或者他的脖子旁边,我的下巴枕着他的锁骨。在维卡身上,我最爱的地方是她坐着时的肚子和大腿之间,趴着摊开四肢时的腰背部,睡着时头的一侧。我现在把头放在她的大腿上,侧耳倾听。

"大多数微笑许诺了太多东西,你注意到了吗,国王?你必然会怀疑它们,你逐渐后退,不是吗?大多数微笑是用来欺骗的。维柯的微笑什么也不许诺。什么也没有。所以我爱它,我不假思索地爱它。他的微笑意味着他此刻别无所求。我能把我的手指放在他的牙齿间。这也意味着,如果我受到威胁,他会跳上去咬对方的喉咙,无论威胁我的人是谁。

他和我之前见过的人都不一样。他就像我没见过并且自知没见过的一切。因此他对我来说既熟悉又前所未闻。他不做任何许诺。如果他做了,我也不会相信他。"

我毫无察觉地轻轻叹息或叫了一声。有的吠叫如此轻柔,仅停留在舌头下方。穿天蓝色连衣裙的理发店女孩把嘴从必胜客男孩的嘴上移开,转身看我,因为她听见我叹息了。

"他年轻吗?"她问。

"他不像我这么老。"维卡尖声喊道。

"你只年轻一次。"女孩说。

"不,"维卡用尖利的嗓音回答,"你年轻一百万次,你年轻一百万次,之后它们看起来像是只有一次。"

"他多老?"

"我不知道。我丈夫也不知道。我们的邻居也都不知道。他在十八个月前冒出来。"

"不算久。"

"很久很久!"维卡尖声喊道,"在这里算很久很久了……"

"他叫什么名字?"必胜客男孩问道,他除了女孩的头发什么都看不见,头发盖住了他的眼睛,散发出皮肤的气味,只属于她的皮肤,没有别人的。"大家怎么叫他?"

"我们叫他'国王'。之前他一定有另一个名字。如果你取个新名字,事情会更简单,所以我们叫他'国王'。我们叫你'国王',不是吗?"

"他很聪明,"必胜客男孩说,"你可以从他听我们说话的方式里看出来。"

"我喜欢你男友的嗓音,"维卡对女孩说,"你能从一个男人的嗓音里发现很多东西。"

"可爱的大嘴巴。"女孩低声对必胜客男孩耳语,舔了一下他的嘴唇。

维卡继续说:"'车流今天杀不死我'——这是你今天下午说的话,不是吗,亲爱的,当你飞奔过街时?"

"我要去当长途汽车司机了,"男孩说,"我得要一条狗。"

"我不会让他走掉的,"女孩说,"我想搬到乡下,我会去别人家里做头发,乡下生意稳定,因为有很多婚礼、初次领圣餐仪式和葬礼。不是这样吗,女士?"

"我有一幢房子的钥匙。"男孩说。

"远吗?"我问。

"我还不打算告诉任何人它在哪里,连她都不行。"

理发师和必胜客男孩松开了拥抱。她放松之前挤在他腿间的单侧膝盖和大腿,她轻柔地放低下巴,她的耳朵随之向前,然后放开了他背后的横档,而他一边牢牢抓着她的髋,让她保持原来的位置,一边后退了一步。之后他们对彼此微笑,就像两条刚从同一个烤箱里出来的面包。他把背包的肩带滑下肩膀——他马上要结束工作了——

她忙着用黑加仑色的指甲调整他衬衫的纽扣。

"你说的对，车流今天杀不死我，女士！"当她牵着男友的手走进必胜客时，她轻声对维卡说。

"你知道男人和女人真正的不同之处在哪里吗，国王？不是你想的地方，在那里东西只是用不同的方式被绑定，用不同的缎带，不，真正的区别在肩膀这里，我称之为男人的'屋顶'——从肩膀到胸膛这块倾斜的部分。为什么所有没有头、手臂、阴茎和脚的雕塑依然看起来像男人，为什么这一点不容置疑？这都和在这里发生的事有关，跟这片亲爱的'屋顶'有关。从公寓的一扇窗户，我们能看到苏黎世湖。维柯的两边肩膀上各有四个肿块，根据他的选择而变硬或变软。我以前常把它们抓在手里。我玩它们，我把脸颊压在它们上面，我给它们起名字。一个我叫它'力量'，另一个我叫它'审慎'，还有'公正'。我这会儿忘记了第四个，原谅我，国王。我告诉他这些名字时，他笑了，说我是个无可救药的加尔文教徒。

也许我那时是,但后来就不是了。很快我就不信加尔文教了。这没有阻止男人身体之美总是和正直、站得笔直有关。"

"有很多驼背的男人。"我对着她的大腿嘟囔。

"背后有肩胛骨,正面有这块'屋顶',这块为两人建造的屋顶。问问理发师,国王,她知道我在说什么!

男人最美的时候是正要往前走时。他的肚子像屋顶下紧绷的窗帘,微微颤动,正要前进时,他的阴茎是窗帘后的一只鸽子,将要拥抱你的双臂依然下垂,接触身体的手臂内侧更温暖,精瘦的臀部收在'屋顶'下,给你留下你整夜需要的所有空间,无论天气如何。这就是他最美的时候,国王。

两边肩膀各有一条小径通往他的乳头。小疙瘩似的乳头,在那里毫无用处。我用我的门牙沿着小径走——我的门牙那时是白色的,国王。

他从肩膀往下逐渐缩小,就像一棵倒着放的

树。所以有时我把脚放在他的耳边，吮吸他的大脚趾，这样我就能环抱他，测量他，好像他是一棵树。"

一个戴宽檐黑帽的老人停在我们面前。他散发出干净衣物和衰老的味道。维卡伸着一只手。她在跟我说这些话时一直伸着手。它偶尔落下，或者她用它揉眼睛，但大部分时间它祈求着路人。他们听不见我们说话。他们只看到一个穿蓝色牛仔裤的大个子女人和一条把头放在她腿上的狗，他们两个后面是一个睡着的老人。戴宽檐黑帽的人从钱包里挑出一张面额二十的纸币，弯腰，有点困难地把它放在她手里。她的手小心地合拢，作为答谢。她什么也没说。她用另一只手做了个手势：一个母亲在学校大门口做的手势，鼓励不想离开她的孩子进去。老人站直，不像之前那样对自己那么不满意了，他往林荫道走去。

"我曾相信他，国王。每当我触摸他，我都相信他。我们真的知道如何说出我们所信的事物吗？当我们能说出口时，它就不再是真的了，信仰消失了。我相信生活女神领我走向这个男人，同一个生活女神领他成为曾经的他。我能触摸到曾经的他。我不太听他说的话。我听他的嗓音，没听他说的内容，我还触摸他。

我曾相信我们将过上这样的生活：把事物还给生活女神，换取前所未有的机会，让我们两人相遇！我绝不会习惯他有多新。晚上他下班回家时是新的。早上他去上班时是新的，非常新。'车流今天杀不死我。'我每天早上对自己说。即使当我非常熟悉他，我的手指成了他身体每个皱褶的专家时，他依然是新的。他比我老，他已经活过一生了，但他还是新的。"

我可以用尾巴拍打维柯的腿，他在人行道上四肢摊开，离我那么近。她告诉我的一切都在他眼睛某处。而他的眼睛是闭着的。睡觉是最好的。

"我和其他男人在一起过，国王，你知道的，在他之前和之后，我从没有过同样的感觉。其他男人做事。他只是存在。"

我用尾巴拍打维柯的腿。

"'我们要去歌剧院!'一天晚上他说。'苏黎世没有歌剧院。'我告诉他。'我预订了,'他说,'《游唱诗人》。斯卡拉剧院,米兰!我们今晚坐卧铺火车。'

他做决定的方式很特别,总是让我猜——好像他做的每个决定都是一个装着秘密消息的信封,当他做出决定时,他封上信封再递给我。没什么比筹备惊喜更让他喜欢了。当惊喜来临时,他喜欢看到我高兴地鼓掌。"

维柯开始拍她的双手,我把我的鼻子放在中间阻止她。他最好先别醒。她在喝啤酒后说得越久,他们吵架的几率就越小。

"'我们应该给我母亲什么生日礼物?'他问我。'我不认识你母亲。'我说。'我觉得我们应该把你给她!瞧!'他从口袋里掏出两张去那不勒斯的机票。

'我们为你熄灭了火,'他在飞机上说,'那是维苏威火山,现在只是在闷燃了,喝掉你的金巴利酒!'我吻了他。我们越过海湾降落。他母亲是个戴黑色耳环并且养鸟的寡妇。她的三楼窗户上挂着六个鸟笼,鸟儿日夜鸣唱。

幸运的是她八年前就死了,所以她看不到我们如今的地步。她以为我会对她儿子起到稳定的效果。'他看得如此之远,有些早晨找不到自己的鞋!'一个星期天,她在去教堂的路上对我说。'记住我的话,'她继续说,'他会随着年龄改变,我没法活着看到了,但是记住我的话,我儿子詹尼会改变,你会在他身边,对吗?'

一天晚上我在卫生间洗头时,她低声对我说,'你来得正是时候,亲爱的,星期六你可以去看高地圣母教堂!'

圣母院在西班牙区,那里除了刚洗过的衣物,一切都是脏的。他们一直在洗他们的破布。房子很小,每层只有一个房间,街道又窄又黑。

'我们距离,'詹尼说,'詹巴蒂斯塔·维柯住过的地方不远,离诞生第一个近代思想天才的街道不远!你知道为什么他是第一个近代思想天才吗?他是第一个看出上帝没有权力的思想家。'当他母亲听到这话时,她在胸前画了三次十字。

为什么我在跟你说这一切,国王?"

"因为你知道我在听你说话。"

"这一丁点儿好处也没有。"

"这让我们靠近了一点。"

"靠近什么?"

"靠近你和我不知道的东西。"

"窄街满是移动的人,正在搬家,国王。男人,女人,孩子,窄街里的人这么多,导致詹尼和我必须不停调整身体。他母亲回家了。同样的事发生在与我们所在的街道相交的其他街上。没有哪个角落是平静的。所有人都在离开。男人们背上背着割下来的灯芯草捆,比他们高一倍。女人们拿着卷起的地毯、折起的亚麻布和她们的蕾丝、镜子及蜡烛，走出家门。而孩子们发现了能装满一辆货车的空纸箱，正在用纸箱搭建塔楼。我不知道为什么。维苏威要爆发了吗？他们收到警告，叫他们拿出贵重物品，送去别处的庇护所吗？

我不害怕，因为我跟詹尼在一起。他什么也没告诉我。他让我猜。那时候他经常这样。这就是他鼓励我学习事物的方式，他会带着教师的微笑观察，教师的微笑会变成喜悦的微笑，因为我的单纯对他来说也是一个谜，他从中得到滋养。当他看我吃榛果冰淇淋球时，他记起了第一次吃榛果的感觉！

男人扛着彩色灯具、活梯、长竿。一个坐轮椅的男人正在解开一团串着彩纸片的线，彩纸上剪出了心形和菱形的镂空图案。在孩子们搭建的纸板塔楼上方，女人们正在铺展天鹅绒布。天鹅绒是梦，天鹅绒是夜，天鹅绒是欢迎，天鹅绒是妓女，天鹅绒是爱，国王。在天鹅绒上，他们放置擦得闪闪发光的珍宝。

其他男人正在种灯芯草,好像它们是树。他们把茎干塞进铺路石之间,用麻绳和棒子把它们捆牢。在上方,他们让这些树状物弯向彼此,互相接触,并且把它们绑在一起以保持这个形状。这就把所有街道都变成走廊,宽度不超过一个男人两臂张开的距离,沿着这些走廊,人们走起来就像夫妇走向圣坛。詹尼和我也是。

街道正在梳妆打扮。今晚,所有街道都会唱歌。一些会喝醉。其他的不会停止欢笑。一些会一刻不停地跳舞。这条街会像男人那样坐下来整夜大吃大嚼。这条会像女人那样当媒人牵线搭桥。而通往一段台阶的这条会等待它的水手们回家。

詹尼挽起我的手臂说:'你看到前门旁边的小窗户了吗?看到了吗?它朝外开,当有人死在这栋房子里,他们会从窗户被抬走,从不走门。这些房子太拥挤了,因为他们很穷,所以他们不想让死者出乎意料地回来,趁前门开着的时候溜进来!像这样,如果死者忘记了什么东西,他们不得不敲窗户。别看起来这么担心,好几个月没人死在这里了。有人死亡时,街道会一整年不打扮。'

老妇人们正在往粗糙、布满污渍、被撒过尿的墙上挂蕾丝,把街道变白。蕾丝是奢侈,蕾丝是孤独,蕾丝是等待,蕾丝是抚摸,蕾丝是精致,蕾丝是给穷人的,蕾丝是注意力,蕾丝是诱惑。她们多自豪啊,把她们的蕾丝挂在街上。她们都知道哪几块是最好的,即使她们没说。也许年轻时她们不知道。

带着苦涩的经验,我们都学会了评判蕾丝。

到晚上,街上的花比一个国王死去时还多。玫瑰、百合、牛眼雏菊、杏花、水仙花、忍冬、木槿、紫丁香、苹果花,绑起来的无根树上还挂着月桂花环。彩色灯光亮起,包含那不勒斯每种冰淇淋球的颜色:碎巧克力、草莓、榛果、什锦、西瓜、杏子、红樱桃……"

维卡在唱歌。她不知道自己在唱歌。维柯没听到她。我们躺倒在送货门口。压根什么都听不见,而她在对我唱歌。

"手上青筋暴露的老人,国王,正在保护白色蜡烛的摇曳火焰,每个蜡烛阵中央都有一个圣母,她从房子里被拿出来,在等待时制造一点寂静。

所有圣母,国王,都穿着蓝色和金色,一些是木质的,大多数是陶质的,少数是瓷器。人人都知道谁是最富的,没人知道谁是最穷的。每家前门的桌上都摆着甜品,刚在小烤箱里烤好:杏仁做的马卡龙饼干,覆盖着银色糖霜的黄铜色甜甜圈,柠檬味的猫舌头大小的威化饼,软杏仁饼。

小圣母们正在等待高大的高地圣母走出山上的教堂,下山祝福她们的房子。她来时会佩戴着黄玫瑰。

詹尼牵起我的手。两个骑摩托车的卡宾枪骑兵以你的骡座的速度驶向我们,试图在街上的走廊里清出一条道来,而这里已经挤满了穿着自己最好的连衣裙的小女孩，裙子上饰有缎带，缎带是蝴蝶结，缎带是辫子，缎带是手腕，缎带是用来拉扯的；加上穿戴着熨过的衬衫、擦亮的鞋子和刷干净的帽子的父亲；加上昨天给彼此做头发的老妇人；加上数数的老男人——他们数死者、年月、圣母、孙辈、里拉①、等待着的瓶子的数量、下次开彩票的日期；再加上一开始跳舞就不再疲倦的母亲，除了雅各布和乔治，谁叫她们跳舞她们都会去，她们跟彼此跳舞时最是无忧无虑，大幅转动的身体让她们大笑，同时回忆起学校的点名：罗莎、特雷莎、葆拉、卢切塔、玛蒂尔达、布里吉达。

他们是怎么清理街道的？我会告诉你，国王。首先房子把自己倒空在街上，然后，感到完全放松自在的街道，把自己倒空在房子里。所有的门都开着。

现在乐队指挥倒退着走来。我对自己说，詹

---

① 里拉，意大利货币单位。

尼老了后会变得像他。乐队指挥一定快七十岁了，然而他拥有与詹尼相同的轻盈的脚尖，相同的把手肘抬高的方式，相同的权威，相同的节奏感。是的，詹尼会变得像他，詹尼的耳朵非常灵敏，所以当他退休时，他能教一点音乐，为什么不呢？他很可能会变得跟乐队指挥一样秃。

别看现在的他，国王。

乐队正在用音乐装满街道，直至溢出。音乐溢入每个橱柜、地下室、阁楼和楼梯。乐手们的制服是红色和黑色的，帽子上有白色棱条。三十个年龄各异的乐手。"

"女孩们呢？"我问。

"看看她们，国王，她们比当时的我年轻十岁。当她们把嘴唇收拢在吹口上时，她们鼓起脸颊，穿着短裙、露出微笑着的膝盖、脚着时髦的坡跟鞋，她们放肆到想咯咯笑，这放肆来自她们对此确信无疑，即当她们缓慢迈过走廊时，在她们的单簧管和长笛尽头的乐谱上的音乐，所有的降半音、升半音、八分音符和十六分音符都在她们的五线谱上炫耀她们的青春，为其增光添彩。音符在她们的皮肤下一言不发地跳舞，而她们身后的乐队队员因为吹大号和巴松管涨得脸色通红，当穿着最后的白袜子给小到能当他们女儿的女孩们演奏小夜曲时，他们满心骄傲。

乐队指挥缓慢落下手臂，音乐逐渐停止。詹尼把我领到一堵矮墙边上，叫我站在上面。'我在这里。'他这么说，使我安心。

乐队成员在彼此间传递一瓶水。被垫子、去年的腌渍梨和点亮的蜡烛围绕的陶器圣母，站在那里等待。她等待着高大的高地圣母。

站在墙上，我想起了《圣经》里七条面包和几条小鱼喂饱了四千名徒众的奇迹，而我看着另一个奇迹，街道的这个小角落容纳了许多人，却依然留出空间让神父领着高大的圣母走下走廊，圣母装饰有黄玫瑰，站在木筏上，由四个手臂壮如拳击手的男人用肩膀扛着。

她们两个面对彼此，一言不发，高大的那个用她光滑的额头、长长的手臂和手掌对着前方，小的那个整年站在小房子里的双人床上方的架子上。她们之间有一种奇迹般的沉默，填满了整条街。我能听到彩色灯泡的电线插头发出嗡嗡声，因为它没插到底。别无其他。花瓶里的花在等待，挂在肮脏墙壁上的蕾丝盖布和咳嗽的男人，房间里的桌椅，盘子、刀、叉和勺子，毛巾，熨过的衬衫，鞋子，孩子的袜子，昨天采摘的无花果，以及装满沉默的每个房间，都在等待。我在等待，我身旁的詹尼在等待，在我等待时，我想着当我一丝不挂站在他面前时他肩膀的'屋顶'。

神父请高地圣母祝福这个住所，祝福此时生活在其中和下一年将生活在其中的人，直至永远，阿门。

圣母微笑，就像之前微笑的样子，就像此时很可能在微笑的样子。街道在它狭窄的胸前画了十字，乐队重新集合，孩子们大喊大叫，祖母们递出装着甜品的圆盘，男人们彼此喊道'今晚过来？今晚过来？'女孩们翻到音乐的下一页，詹尼转身对我说，'如果我叫你当维柯夫人呢？'

'愿意，'我回答，'愿意。'"

"所以你们结婚了？"

"我没这么说。我说他向我求婚了。"

"你还说了'愿意'。"

"他向我求了很多次婚，每次我都流下喜悦的眼泪，然后说'愿意'，国王。"

"那你们为什么不结婚呢？"

"谁说我们没结婚？"

"你告诉我你想要什么吧。就说你想要什么。"

"我想要告诉你，国王，关于第一次求婚和家庭祝福的事，仅此而已。"

她任由头倒向前方，很快她的呼吸变了。海边，太阳正在落下，非常靠近地平线。从萨卢斯特的门口我看不到大海和日落，然而根据云层的颜色我能知道太阳的位置。他们睡着了，两个都是，裹在他们的外套里。

等云层里不再有余晖时，我会叫醒他们。为了叫醒维柯，我会轻柔地咬他的指关节。我试过其他方法，这是他最喜欢的。

对于维卡，我会用嘴衔起她的手，然后沿着她的手臂松开又接住，绝不让牙齿擦伤她，直至腋窝。

"你为什么不背我回家？"她会说。

我会从她的手臂回到手腕，倒着来一遍。

"我们迷路了，国王。"

然后我会让她的手臂落下。

第六章

8:00 P.M.

先是维柯，再是推着战车的维卡，然后是我。我们一个走在另一个后面。我们学到这是走夜路最好的方式。更不容易累，更安全也更安静。我们每个走路时都带着自己的思绪或自己的夜间句子，一再重复。

"这里没有任何、任何东西值得你留下。"

"车流今天杀不死我。"

"有很多驼背的男人。"

这三个句子一个接一个循环出现。

东南方有一轮满月。当我殿后时，我梦想着一个夜晚，穷人会变富有。我看见了我的海滩。地平线消失了，大海也随之而去。只剩天空，而天空降到了碎石滩变成岩石的地方。防波堤延伸到苍穹。当我去海草床戏水时，我的爪子戏的是天空。我把头栽进宇宙的冰冷无限中，在甩干时，我甩出了星星。

狗不应该做梦。他们绝不应该做梦。人行道上一个从我身边经过的男人的手意外拂过我的肋骨，一段记忆浮现，浮现得如此之快，我什么都做不了，和去柏林的卡车不一样，它不停止，它把我击垮。

很久以前我在一个机场附近。那里有一个营地：帆布覆盖的飞机库，带刺的铁丝网，床铺，探照灯，当手推车用的婴儿车，混乱，等待的人们。一些人孤零零的，一些人跟部分家庭成员在一起，全都无期限地等待回家、出国、得到什么。他们一无所有。我在那里当看门狗。

一个女人把我叫到她跟前。她告诉我她的名字是玛丽娜。在凌晨 2 点和 5 点之间，一些灯会关掉。那里有一条毯子、她的几捆包裹和她摊开的一个垫子。她穿着裤子和带衬里的男式夹克，年龄和我差不多。我躺在她身边的地上。她把一只手放在我的腿之间，开始移动自己，让我兴奋，而这很容易。在机场附近的荒凉土地上，我们两个马上就要制造一束愉悦的光，这一束也许会安静地点亮另一束、再一束；我们两个马上就要在毯子下制造自己的跑道，逃离痛苦。

我们在微笑。然后我们看着彼此的眼睛，我们看到发生了什么。我什么也做不了，只能紧紧贴着她，吞咽自己的唾液。她依然用手抓着我坚硬的性器，下巴往上戳，好像试图用她破碎的嘴唇吻某样她无法接近的事物，她的双眼眯成缝，指向她的耳尖。当一条狗游泳，鼻子在空气中，渴望一片他绝不会到达的海滩时，他的脸就像躺在我旁边的地上的她。五官黯淡无光。一切都被抛下，跟规律的工作日、她熟悉的电车、孩子们的雨衣、她的国家一起被抛下。性交如今成了对庇护的恳求，只有庇护，别无其他。她放开了我，温柔地拂过我的肋骨,然后轻声说,"天呐!原谅我"。

维柯在前面,再是维卡推着战车,然后是我。我们走得很慢,像一条快沉进水里但坚定的驳船。我们正在走向我们所居住的"外套"。

日常的嚎叫正在消减。朝阿德亚蒂娜街的方向,我听到别的东西;声音没有名字,世上的声音和词语一样多。这个让我担心。也许它是一种寂静,一种突如其来的寂静,就像一记枪响或一声喊叫后的寂静。在你感到疼痛前、处于震惊中的寂静。我跳到空中,四爪离地,我奔跑。我听到维卡在我身后呼喊,我没理她。他们可以自己走回家,慢慢走。我朝着"外套"跑去。

当我靠近时,我闻到柴油和泼出去的水的气味,水泼在干燥的泥土上。不是维卡和我从加油站一周取两次的自来水。是用过的水。洗过锅和衣服的脏水,是男人洗的,而不是女人——是的,用我的鼻子,我能闻出区别。让上帝帮我吧。很多事能解释水。让我害怕的是柴油。

詹巴蒂斯塔的理论,维柯向我解释了好几遍,这个世界的所有文明都经历四个时期,这些时期很长。第一个时期是神的时代,当时一切都是新的,一切,即使是最糟糕的,都有可能性。接下来是英雄的时代,当时海伦在特洛伊四处性交,希腊人发现了悲剧性。之后是人的时代,也就是政治和牺牲的时代——一切不再献给神,而是献给人类的正义。最终来到狗的时代①。在那之后,我的维柯用他的蝴蝶嗓音说,循环会再次开始。复归!复归!也许这是他编的。

我跑得更快了,一种可以解释的恐惧令我困惑,我停在水槽旁。在池塘较远的那边,我看到灯光,它们反射在油腻的水面上。小池塘较远那边的岸看起来和羽毛的茎一样直,一切沿着两侧的丝质羽枝对称,上面的令人眼花缭乱,而下面

---

① 思想家维柯的理论严格地说只包含三个时期,为神的时代、英雄的时代和人的时代,但一个循环结束后会陷入短期的混乱,"狗的时代"应指这个混乱时期。

的羽枝之间有同样的该死的灯光图案。我的咽喉与鼻子相接的地方发紧。这个时间这里不应该有灯光。"外套"提早扣起了扣子。在最好的情况下，可能是出来拉屎的人拿着的一支闪烁的手电筒，或者是"男爵"杰克加了油的煤油灯，能从他的窗户透出来，因为他失眠，当他不缝夹克时，他就在夜里填彩票表。而现在我吃惊地盯着的，是车前灯。至少六个。

第七章

我不知道时间多晚了。天色很暗，我躺在河另一边的草地上，靠近海滩上寄居蟹所在的地方。我依然在颤抖，我倾听大海。也许海浪的声音会让我平静下来，或者让我变得冷漠。时间会告诉我答案。我会向你描述发生的事。

"外套"像每天夜里那样躺成一堆，它的褶皱、凹陷和口袋在月光下投出深深的影子。让我害怕的是停在那里的军用吉普车，如果"外套"有皮带，停车的位置就是腰带扣。车前灯亮着，尽管发动机没开。一盏探照灯固定在车顶。站在车辆旁边的是四名拿着法玛斯突击步枪的机动警卫。他们的长官坐在吉普车的驾驶座上。他看起来像在阅读。

然而比这些男人及其制服的存在严重得多的是巨型发动机的威胁，它带着灯光，从奥斯蒂恩西斯大道缓慢穿过空地。它靠履带移动，我能听到它前进时的特殊刮擦声，石头如亚麻布般被撕碎时发出的噪音。这台机器被漆成黄色和黑色，比开往柏林的任何卡车都高，它被称为"爬行者"。

我走向右翻领旁的草地。它很高，足以让我藏身。我现在靠得很近，足以看到长官的脖子左侧长着一个大胎记，是深紫色的。他走下了吉普车，拿着一个喇叭。他戴着手套，用一只戴了手套的手，向一名警卫比了个手势。

警卫爬上去打开探照灯，非常沉着地操纵光柱，好像他知道自己在找什么，光柱缓慢地扫过"外套"。

这个扫视是一种征兆。天黑时，一切都是征兆。警卫们想让躲起来的所有人看到，他们会被清扫出去。

长官摆弄喇叭的扩音器，它制造出肠道轰鸣的噪音。

"爬行者"越来越近了。它的名字用黑字写在黄底上：利卜赫尔。意思是"亲爱的先生"。它的吊杆比 1000 号公路的路灯还高。而且它能倾斜和转弯，还有肘关节。

长官爬上了我的垃圾山，就是我纵览空地的地方，然后他把喇叭抬到嘴边。

"没有理由紧张。"他说，音量如此之高，导致他的话难以被听清。

"不必紧张。我们请求你们出来，你们所有人。我们邀请你们吃一顿热饭，因为你们不经常能吃上。一顿热饭。我们要带你们去一个更好的住处。提供交通工具。"

长官脱掉一只手套，以便调整喇叭的音量。"爬行者"停了下来，面对丹尼的集装箱。

"我们请求你们出来。没有理由紧张。"

长官用他空闲的手,摸了摸自己脖子上的胎记。

"我们会带你们去更好的住处。你们现在住的这个地方接受了测试,结果显示土地受到了污染。存在有毒气体。我们坚持要求你们出来。"

我看到"爬行者"的司机的脸,他坐在亮灯的驾驶室里。他看起来很困惑。他看起来好像不知从何推起。

长官对两名警卫点头,说道:"检查一下有没有人、动物和煤气罐。"

两名警卫靠近丹尼的住处,撕下了毯子——那是一条灰色的毯子,头尾有红线围成的小方块——毯子挂在丹尼集装箱的金属墙上切出的入口上方。切时他用了马尔塞洛的乙炔。开口很窄,因为丹尼很苗条。维卡走不进去,她太庞大了。当丹尼透过开口给她讲了一个笑话时,她在外面笑得发抖。

"一个男人给警察局打电话说他的妻子失踪

了。'从什么时候起失踪的?'他们问。'八天前。'他回答。'为什么你不早点通知我们?''我以为,'男人说,'她在跟邻居聊天!'"

"男人的笑话!"维卡咕哝道。

丹尼从不把同一个故事说两遍。他收集故事,一天好几个,而其他人收集扔掉的酸奶和过期的培根。

一名警卫拿着一支手电筒溜进了丹尼的集装箱。"这里什么都没有,太棒了!"他喊道。

"那就站到一边去!"

利卜赫尔前进。

科丽娜从她的货车里跑出来。在月光下,她看起来像一片被风吹落晾衣绳的缎子,如此脆弱。她一边前进,一边咒骂:"混账东西,滚出去!这里没东西剩下给你们的脏爪子碰。滚!"

长官通过喇叭说话。

"我们请求你们全都出来,就像这位好女士做的那样。没有理由紧张。我们给你们提供了更好的住处。我们做了测试，结果显示住在这里你们会有严重的健康风险。"

"那你就滚出去!"科丽娜啐了一口。

她朝"爬行者"跑去。"天杀的畜生!"她喊道，并开始朝它扔石头。"天杀的畜生!"

石头非常小，它们甚至没击中抓斗。她跪倒，司机不知所措。他关掉发动机，坐在驾驶室里一动不动。在他的位置上，一个人能做什么?

他看起来很羞愧，也看起来好像会听命行事。他点燃一根烟，科丽娜跪在抓斗前。警卫们看向长官，等待命令。她把双手抬向天空，手指交织着恳求。我低吼了一下，给她勇气。长官暗示她应该被拉到一边。

一名警卫走过去，把她拉起来。"跟我们走吧，老奶奶。"他说。"你们这些贱人!"她尖叫道。"你不会有事的，"他说，"跟我们走，我们会给你点热乎东西吃。"

"我有自己的木椅子。"她说，而且她说这些话时像一位女王。

然后她弯腰,在瘦得跟竹竿一样的腿边,她捡起一块碎砖,在警卫抓住她之前,把右臂抡得像战车轮子的辐条,把它高高扔向空中。红色的砖块掉在"爬行者"的驾驶室顶。司机甚至没有抬头看。警卫把她领到吉普车前。

"我有自己的木椅子。"她又说了一遍。

长官用手指示意,然后挖掘机往前爬。"爬行者"的缓慢就像你自己肚子里的可怕痉挛。当你挨打时,打击通常来得如此之快,你很少能预见到。喀啦一声,突然开始疼。暴力通常很迅速。"爬行者"可怕的缓慢预示着毁灭,它的缓慢宣布了无处可逃。我感到自己在颤抖。

机器遽然停下。吊杆放低,像一个巨大的鼻子那样向前探测,它朝丹尼的集装箱伸展开来。它的爬行轨道锁定了。碎水泥机张开的下巴,跟银色的活塞一起挂在口鼻的末端,它推动集装箱,集装箱慢慢移开。司机脸色苍白,从他的驾驶室窗户那打不碎的玻璃望出去，他做了一个决定。"爬行者"抬起头，用下巴颏猛击丹尼的屋顶。屋顶弯曲凹陷，此外什么都没有移动，直到空洞破碎声的最后一个回音消失。

科丽娜开始哭泣。

"爬行者"低下头，碎水泥机咬住集装箱的一角，锯齿状的牙齿深深嵌进去。现在"爬行者"能把盒子举起来了，缓慢地把它抬离地面，慢到我都不忍看，越来越高地抬进黑暗，直到碎水泥机张开，令其跌落，猛地冲向下面的大地。

另一个丹尼的笑话："我的朋友，你见过食人狮吗？没有，但我见过人食鲱鱼！"

当集装箱撞到地上，翻到侧面时，里面没有东西的碰撞声。它听起来是空的。空得无可救药。

丹尼不拥有任何坚固的东西，除了一辆偷来的自行车，他每天早晨骑它出去。在集装箱内部他睡觉用的床垫挨着的金属墙上，他贴了一张照片。照片是杰克拍的，上面是去年圣诞节的卢克、丹尼、马尔塞洛、乔基姆和"灾难"。他们中的两个不在了。

五分钟后，丹尼的集装箱侧翻且被压扁，看起来像一个被绞死的男人。你依然能辨认出它，但是你能看出它已经被处死了。

机器现在前往阿方索的住处。我绕了一大圈，贴着地面，先到达那里。阿方索坐在月光下的木门阶上，他有时在那里给我留一盘吃的。我气喘吁吁地到达。他闭着双眼。这，我知道，是"爬行者"到达时他将做的事。

他在弹吉他，而他怀里没抱着任何吉他。我瞥到门后的吉他箱，它躺在房间里的床垫上，这个房间是他去年秋天靠着原本就在那里的砖墙建的。闪闪发光的黑箱子合着，地板上有三个空酒瓶。如果我能进去，我会用鼻子滚它们。他在一个废弃舞厅里找到了地板，跑了五趟把它们搬到圣瓦莱里，亲手把它们铺在地上，总是擦得闪亮。

远处传来一个响亮的尖叫声。海风吹得更猛了。再次响起同一个尖叫声。我知道那是杰克。那是杰克在要灯光。警卫们把光柱转向"外套"的领口，尖叫声传来的地方。它照出了站在轮胎堆上的杰克。他的拳头里拿着一个大手摇铃。

我瞥了一眼依然闭着双眼的阿方索。他左手的手指按着看不见的弦，按得从容不迫，偶尔滑到不存在的琴格上方。他的右手像云雀那样盘旋，手指张开，快速拨扯。从他的肚子里拨扯出看不见的无声痛苦。他的一只脚在打节拍。我被吓到了，和阿方索一样，我不想去见吓到我的东西。

"我不会容忍任何胡作非为。"杰克大声喊道。不用喇叭你也能听到杰克说话，他有一副能传得很远的嗓音。不是每个词都能传出去，但能传达出他的权威。我暂时忘记了我的恐惧。阿方索继续用脚打拍子。我溜到轮胎堆旁，跟"男爵"会合。

"我不会容忍的，在这里不行。"杰克喊道。

"你们无权触碰这些有人居住的庇护所，每个里面都有人，听清楚了吗？所有庇护所都住了人。有些甚至能收到信！你的消息有误，警长，我们不会像粪便那样被冲走。"

长官正在给警卫们下命令。两名警卫匆匆跑向阿方索的住处，手放在法玛斯上。

"先生，你知道有多少人住在圣瓦莱里吗？""男爵"喊道。"一百一十七个！"

他摇响铃铛，让谎言变得真实。"一百一十七个，每个庇护所都会受到保卫！"他再次摇响铃铛，脸色阴沉。

生活里的有些时刻，一个捏造的谎言是你唯一必须抓住的东西——就像领退休金的贫穷老人给狗买的那种人造骨头。

"你的消息有误，先生。别人给了你错误的数字。我会给你一条建议。现在撤退，回去等新命令。我今天早上在市长办公室。掉头！指挥官，掉头！"

"男爵"靴子旁的轮胎里藏着一把猎枪。它通常挂在他床头的墙上：一把440不锈钢黑豹猎枪。在它的侧面，你拆开来装子弹的地方，有一个美丽的金属雕刻，刻的是一条被玫瑰环绕的狗。

我跳上轮胎，来到他身边。当轮胎堆起来时，它们开始散发出海藻森林的气味。我抬头看他，靠在他的腿上；他的脸跟"依维柯"卡车的散热器一样强壮而沉着。这让我害怕，因为我了解杰克这样的男人的勇气。他们知道自己离灾祸越近，举止就越冷静。

"你需要日光，指挥官。你还需要一份许可证。今晚取消行动吧。如果你坚持的话，目前的情况会失控的，严重失控。你觉得我能用一个铃铛维持秩序吗？而且我只有这个铃铛！"

他上下猛晃铃铛，黄铜在探照灯光下闪烁，他任由自己露出牙齿，因为这个扭曲的表情可以用他的使劲来解释；它泄露不了其他东西。然后，突然，他停止摇动手臂，把另一只手放进铃铛内部，让它安静。铃舌弄伤了他的手指。

"你需要日光，先生。如果今晚情况没法控制，我可负不了责。"

他任由那只手指淤青的手在空中挥动。

"你也没法负责，先生。而且会被追究责任的是你。国王，我说的对不对？"他在我的鼻子旁晃悠手指，并小心翼翼地用靴子触碰猎枪管顶端。

我慢慢舔了舔他的手指，然后离开。我得去警告维柯。

他们在哪里？我张开嘴，让夜晚的空气抚弄我的下巴，任由它用一根手指轻轻摸过我的牙龈。没有消息。他们不在小屋里，那他们在哪里？我想到有另一个原因能解释为什么没有来自小屋的消息，我快速逃离这个理由。我往反方向跑去，前往"外套"的左肩，打算走下袖子。

我经过待在碉堡里的安娜。

"国王，过来！看在基督的分上来这里，国王。你要跑去哪里？国王！留下，和我待在一起。

如果他们上来这里，国王，你可以吓吓他们。他们不敢进来。猪吓得屁滚尿流，他们就是这样的。我自己能吓跑一个。其实像我这样的老女人能吓跑两个。但是如果来了四个，我就完了。如果来了四个，两个把我按倒，另外两个修理我。来这里，国王，我会给你点肉，我会开个罐头。"

我继续跑，爪子重重踏着嗓音，踏着她那老女人的嗓音，她那跟用来擦小孩子屁股的纸巾一样单薄的嗓音。疯狂不是一条错路，它是一片覆盖了所有道路的灌木丛。

在左腋窝附近，索尔坐在卢克的棚屋里，拿着一支手电筒。他戴着帽子，腿上摊着《圣经》。他的膝盖宣告他在阅读什么。

"我的恐惧不是因为黑暗，也不是因为幽暗蒙蔽我的脸。"[①]

他坐在马尔塞洛给他的电视上。电视旁边的地上，在很容易够着的地方，他放了一把屠刀，

---

① 《圣经》和合本《约伯记》23:17。

那种他们叫做腱刀的刀。当我站在门口时,他没有抬头看。

我继续往前跑,爪子踩得很重。我在黑暗中很少撞上东西。它们会警告我。它们会告诉我它们的位置,却不泄露它们的真实身份或它们在这里的理由。在黑暗中我躲开倾斜的木篱笆,它一天比一天更靠近地面,很快就会成为地板。我躲开两个散乱的金属框,它们就像大到能挂银行家的地毯的晾衣架。我躲开一根水泥柱的圆形切段,它有一人高,截面上的砾石松了,马上就要像一根变味萨拉米肠上的白色脂肪块那样掉下来。这些奇怪的东西都很熟悉,因为它们属于这片被我们变成了我们"外套"的地方。

我发现一名警卫走上了袖子。他正朝着马尔塞洛那将被遗弃的屋子走去。我转向东边,右转去了乔基姆的住处……

我往帐篷里看去。我什么也没看到,甚至没看到他那亮闪闪的收音机。一片漆黑。无论如何,他的聚酰胺布罩跟灰色大象的尺寸和颜色相同，今晚他觉得什么都不点亮更明智。他站在黑暗中的某处。我能闻到他那巨人的身体、他的伊娃文身和他对跌倒的拒绝。我也能闻到他的猫"灾难"，猫跟他在一起，同样隐匿在黑暗中。

然后我听到他对她低声说，"所以你知道发生了什么，不是吗？这就是你在该死的黑暗中上蹿下跳的原因。大风升起之前先吹动了你的胡子，不是吗？过来，'灾难'，过来。你比航运新闻知道得还多，不是吗？九级大风，嗯，我的小猫咪。我那不喜欢变湿的干燥小猫咪。猫咪应该喜欢变湿。放弃船只让你害怕，小猫咪。谁喜欢放弃船只，谁喜欢？我问你。世上没一个该死的灵魂喜欢。你坐在我头上，小爪子放在我胡子上，这样你就能保持干燥。这次我们把一切都捆在筏子上，除门窗外的一切。他们可以拿走门窗。这次那些贱人不会碰到任何一件你的或者我的东西，'灾难'"。

巨人乔基姆在黑暗中对他的"灾难"说话,这给了我勇气,我换了方向。我像经常做的那样折回走过的路。我要去看看有没有发生最糟糕的情况。我会面对我恐惧的事。我返回衣领,走向右衣袖。

我们的小屋跟我当天上午离开它时一模一样。三个马克杯挂在门内侧。压着塑料布的水泥块在我们的屋顶上。最糟糕的事没发生在我们身上。

在腋窝处,利贝托和玛拉克在谈话。

"他们会把我们一个个压扁。"她说。

"如果我们反抗就不会。"

"他们会逼我们出去。"

"如果我们反抗就不会,玛拉克,我们别无选择。你有'丹碧丝'棉条吗?"

"他精神失常了,国王!他精神失常了。"

"我问你有没有'丹碧丝'棉条。"

"什么?"

"我在问你。"

"几乎一整盒。"

"很好。我马上回来。"

"你不要离开我,别离开我,利贝托!"

"给我找三个1升装的瓶子。空的,要玻璃的不要塑料的。我会回来的。"

"你现在不能走。"

"我要去埃尔夫加油站。我们还需要几条破布和三条'丹碧丝'。"

"你有没有见到空瓶子,国王?"

我带她过去看。

只有其他在抵抗的人知道我的朋友们是怎么抵抗的。

我得找到我的蜜月夫妇。阿德亚蒂娜街上没有他们的踪影。我回到了之前跑开的角落。我在那里吠叫。透过一扇窗户,我看着电视的闪烁。屋顶之上,天色越来越黑。从海边席卷而来的云层开始遮蔽月亮。屋顶之下,年长的夫妇已经在床上了。我再次吠叫,这次喊了维卡。她听到了我的叫声,就像她总能做到的那样。她从小巷里的一个酒吧里出来,站在几级台阶的顶端。

我四脚放在人行道上,抬头看她。

"我给他买了一杯威士忌,国王。他没像我以为的那样抗议。你知道他说了什么吗,国王?'你原谅我了。'他说。'那我呢?'我说,'你也要原谅我!'"

"快,"我喘气道,"你俩,快。"

"让他喝完他的威士忌,国王。他一整天都没吃东西,他现在挺开心的。"

"我们没时间了。"

"没人会把我们锁在外面,我们会睡在我们的床上,就像每天晚上那样。我有个秘密要告诉你,过来。"

我走上台阶拽她。

"你不想听我的秘密吗?我会在你耳边轻轻说。"

"现在不行。我去找维柯。"

"这是一个我必须单独告诉你的秘密。"

"快!"

"为什么要快?我花了好几年才搞清楚我要告诉你什么。"

"他们要把我们压扁!"我粗暴地告诉她。

"我们?"

"我们住的地方。"

"不会在半夜这个时候的。你闻到了什么,国王?"

"去街角,"我说,"你就会看到不应该在那里的灯光,回家,我去找维柯。"

当我推开门时,我认出了这是哪种酒吧。

这些酒吧里女人稀少,从来没有女招待。一家狭窄的当地小酒吧,时钟停在晚上10点后某个时刻。站在吧台前的男人们错过了晚饭,所以尽管他们住在街角,却没什么迫切的理由要回家。他们大多数夜晚都在这里。他们知道彼此的一些秘密,即使当他们大着舌头说话时,他们也是保持沉默的专家。钟停止走动时,没人再点酒,然而他们拖延着不离开，因为在这里，在这个狭窄的酒吧里，他们被认可，他们没有受到背叛，这当中含有一丝温暖。他们共同拥有并且都想忘记的秘密是他们为什么不回家。对每个人来说理由都不同，对每个人来说结果都相同。我这辈子有两年每天晚上待在这样的酒吧里。

门一在我身后"砰"地关上，站在吧台前的三个男人就转过头来。

"嘿，小子！"他们说，好像他们知道我是他们中的一员。

我走了过去。维柯一个人坐在角落的一张桌子上。他双手握着一个大酒杯，正低着头嗅里面剩下的威士忌。如此这般，他看起来像是马上要用舌头把它舔上来——像没有手的动物做的那样。他在微笑。他没看到我，直到我碰到他的膝盖。

"所以你来找我了。"

我点头。

"维卡给我买了杯威士忌。她说这是我应

得的。"

"我们需要回家。"我说。

"为什么这么着急?"

"他们来了。"

"在夜里这个时候?"

"他们正在把我们强行赶走。他们正在碾碎一切。他们碾碎了丹尼和马尔塞洛的住处,可能正在碾碎阿方索的。"

"阿方索不在那里?"

"他失去了信心,所以他失去了一切。他做的仅仅是闭上眼睛。如果我们在那里,他们不敢,他们会退缩。'男爵'警告了他们。他有一把枪。如果我们在那里,他们会退缩。"

"他们要把人赶到哪里去?"

"重新安顿到别的地方,他们说。"

"你知道詹巴蒂斯塔写了什么吗?"

"你跟我说过他写的一切!"我回答,十分恼火。

"我曾经问读书很多的利贝托有没有听说过维柯。'维柯?'他回答,'从没听过。鲁尔福[①]倒是听说过,但没听说过维柯。'"

"听着,"维柯喝完了他的威士忌,"'亚里士多德认为身体是由几何点组成的,我觉得这个概念很不可信。人怎么能从抽象中制造出实物呢?'这就是詹巴蒂斯塔说的话。实际上我们当中没人会被重新安顿,国王。他们跟我们说的一切都是抽象。现实是……"

"战车在哪里?"我打断了他。

"它在外面,我把它藏在后面了。把这种战车带进酒吧,他们不会接待你,他们会指着门口。如今不再是英雄的时代了,国王,不再是俄瑞斯忒斯[②]的时代了。"

"拿上它,伙计,然后跑!"

[①] 鲁尔福(Juan Rulfo,1917—1986),墨西哥作家、摄影家。
[②] 俄瑞斯忒斯(Orestes),古希腊神话人物,迈锡尼国王阿伽门农的儿子,特洛伊战争结束后阿伽门农被妻子及妻子的情人谋杀,俄瑞斯忒斯为父报仇,杀死母亲,因而受到复仇女神的惩罚,后为雅典娜赦免,回国继承王位。

这是我唯一一次对他厉声说话。

我们三个设法穿过了阿德亚蒂娜街，然后开始艰难地穿越空地。就像在对抗暴风雪，我们的所有动作都慢了下来，好像没有哪个动作能到达结尾。天气不冷。狂风现在很凶猛，扬起沙尘，往我们的鼻子和胸口吹。尽管依然有月光，他们两个却看不清落脚的地方，地面上满是陷阱。他们两个谁都驾驭不了战车。它不停卡住，东倒西歪，摔倒。

"我们得放弃它，"维柯上气不接下气地说，"我们明天早上再来拿。"

"如果我们把它丢在这里，它可能会不见的。"维卡说。

"如果我来得早就不会，在天亮前，在任何人起床前。国王和我，我们明天会把它拿回家。"

维柯提到第二天早上，这让他们安下心来，他们放弃了战车。

"抓紧我。"然后我把自己置于他们之间，维卡在我左边，维柯在右边。

他们抓着我，我稳固地领他们走一条小路，我能从垃圾堆、挖掘物、塌陷的斜坡、满是水的洞和碾碎了的阴极射线管之间看到它。我天生就能找到没有标记、没人走过的路。维柯温暖而干燥的手在我的脖子上很放松，我一定给了他一些信心。维卡手指肿胀，偶尔用一个指甲挠我的后脑勺，就像我们躺下来时她会做的那样。

我想停下来纪念那个时刻。他们的手放在我身上，我忘记了恐惧。由于信任我的鼻子，他们两个觉得自己知道我们正在去哪里。我如此短暂地停下纪念这个信任的时刻，他们谁都没注意到。一分钟后维卡从双唇间吹口哨宣告，"国王正在带领我们回家"。

当我们最终到达水槽时，"爬行者"的影子都见不着了。司机正在吉普车前跟长官讨论，这两个男人似乎在争吵。警卫们站在周围，因为等待而百无聊赖。他们中的一个爬到吉普车顶，用探照灯扫射"外套"。然后他关掉灯，双脚并拢跳跃，测量他跳过的地面距离；他无聊到了那种程度。光柱暴露了"爬行者"的位置。它停在垃圾山后面，杆子比山还高。

我们三个跌跌撞撞地跑着，同时看到发生了什么。小屋没了。小屋被打散、压扁、劈开、夷平，然后被扔在那里。连轰炸——我见过好几次——都不会消灭得这样彻底，因为那时可怕的毁灭来自空中的一道闪光。在这里，毁灭缓慢、盲目而临近。

维卡脸朝下扑向残骸。她向前爬了几次，牛仔裤的一条裤腿缩到了上部。在她小腿肚的肿胀处下，我看到一条血痕，我听到了她心碎的声音。拿起字母 V，把两条边向外折断。这就是发生在她身上的事。

我坐在她身旁。维柯点头说，"在这里等着"。然后他转身，慢慢走向吉普车。

我没有舔她或碰她。我只是呼吸，好让她知道我在这里。在被掩埋的、扭曲的当墙用的床架和被碾碎的聚苯乙烯下面，我能分辨出铸铁炉子曾在的地方。我搜寻罐子的碎块，但并没有从她身边挪动身体。我的鼻孔在颤抖。我以为我发现了红色橡胶垫的碎片。

然后我听到了维柯的嗓音："我们正在从地球上被抹去，不是地球的脸，脸我们早就失去了，是地球的屁股，臀部。我们是他们的错误，国王，听我说！"

我看着他走动。在吉普车的车前灯下，他的一切细节都清晰可见。他的夹克袖子宽松下垂。他的白头发竖着。他抬起一条胳膊，像是正在冲逃跑的某人挥舞棍棒……

"错误，国王，比敌人还受憎恨。错误不像敌人那样会投降。根本没有被打败的错误。错误要么存在要么不存在，如果它们存在，它们必须被覆盖。我们是他们的错误，国王。永远别忘了这点。"

维柯的步态变了,突然他不再拖着脚步了。他坚定地走,脚尖轻盈,几乎像是在跳舞。听不到任何音乐。他夹克的肩部变了形,也破了。我把这一切都告诉维卡,我不知道她有没有听见我说话或理解我说的。

长官注意到了维柯,用他戴着手套的手,比了一个打招呼的手势。他会叫这个无家可归的老人通过喇叭对其他人说几句话,叫他们出来,就像他明智地做的那样。他看了一下他的手表,查看时间有多晚了。

也许是车前灯的耀眼光线令人难以判断距离或时间。维柯坚定地走向吉普车,然而他走过这段距离花的时间似乎非常久。正在观察他的一切都注意到了这点。一切都有以下印象:他一经过垃圾堆、石头和废弃的机器零件,它们就自行移动,把自己再次置于他前面。

"*Humare*,国王,拉丁语里的*埋葬*,已经没人用了。新词是摧毁。摧毁，毁坏，消失。摧毁，好让这里什么都看不到。就像你再也看不到维卡画在墙上的星星。"

维卡没有动。我把头放在她背上。她的后颈上有沙子，以前当她高兴时，尽管她人没笑，后颈却会微笑。用力把耳朵按在她身上，我倾听。在她的肩胛骨下，我听到被碾碎的小屋的微弱跳动声。她没有给出任何表示知晓的信号。她左手的肿胀手指抽搐了一下，弯曲着。我把我的湿鼻子推到她手里。

"国王，你能听到我吗？"

我跳起来，腿部绷紧。长官正在把喇叭递给维柯，说着："请告诉你的朋友们，先生，叫他们出来。"

"詹巴蒂斯塔预见到了这件事，国王。"

我跑向维柯，跑得比以往任何时候都快。

"他不知道怎么说，也不了解这种痛苦，国王。他花了一辈子解决这个问题：人如何脱离野蛮时期，并经过了哪几个阶段。这就是他的新科学，他称之为历史。他预见到了第二次野蛮时期，国王，比第一次更糟糕。第一次野蛮时期，据他所说，含有某种慷慨大度。用这个词很奇怪，不是吗，但他就用了。它慷慨，因为它只影响了人的感官。第二次野蛮时期不仅植入感官，还进入了思想本身，这让它变得邪恶得多，也残酷得多。第二次野蛮时期杀死一个人，夺走一切，却同时许诺和谈论自由。"

"我们想让一切尽快圆满结束。"长官说。

维柯烂醉的脸上毫无表情。他把左手抬在空中，做出了翻页的手势。他的右手藏在身后。手里握着他的骨柄小刀。在多年的使用后，手会逐渐了解刀，刀也会辨别手。他的醉脸上依然毫无表情，他抬起手臂，把拳头和刀朝长官的肚子捅去。

老人有可能做出别人做不出的事。

下一刻，维柯瘫倒在地。落在地上的刀上有血。我不知道是谁的血。长官轻揉自己的膝盖，那条腿刚一脚踢倒了身为我主人的老人。一名警卫把突击步枪从肩膀上取下，指着他脸朝地的头，站在他上方。

维柯知道我在哪里。我在警卫的靴子间观察他。"去找维卡。"他用意大利语说。

我遵命，路上我遇见了在"爬行者"旁边相拥的利贝托和玛拉克。

"我希望你别碍事，国王，快，我也希望你别碍事，玛拉克。"

"我能点燃它，你来扔。"她低声说。

"绝不。如果你在这里，我会担心。"

"我会拿着手电筒。"她劝哄道。

"这事只需要三秒钟，没时间担心。它必须做得干净利落，也就是说要单独行动。"

"你想要怎样？"她问。

"回家等我。我会回去的。"

"再见。"

"等等，给我你的打火机。"

"利贝托——没有你我活不下去。"

"我给你一分钟。"他说。

维卡没动。她的手指弯着。她脸朝下躺着,就像维柯那样。

他们两个脸朝着地面,相隔两百米。

当利贝托把他的鸡尾酒扔向"爬行者"时,我听到空气被火焰吞噬,随后立刻被吐出。就像啜泣,一个爆炸式的啜泣。

周围,各种声音开始喊叫,很容易区分它们。弱者和强者之间的区别不应该如此清晰。来自"外套"的喊叫焦虑、暴怒、经久不息;警卫的喊声如释重负且欢欣鼓舞,因为等待结束了,很快就会完成任务,他们可以回家上床,也许能来一发。

维卡没有抬头或移动身体。只有她肿胀的手在肩膀附近的尘土里摸索,就像睡觉的人有时用手在一堆东西下摸索手帕。我舔了舔她的腿。她的腿很冷,太冷了。我跑去杰克的住处,给她找个毯子或遮盖物。

在轮胎堆附近，杰克给自己建造了一个堡垒。他把最大的轮胎——拖拉机后轮大小——一个个叠起来，造了一座塔，然后爬进去，让它们围绕他。当他蹲下时，他受到保护，隐身其中。当他站起来时，他能把手肘放在顶端的轮胎上，瞄准并开火。八发子弹，我有时间数它们：三发打野猪的红子弹，五发打猛禽的黄子弹，它们在顶部轮胎壁旁排成一排。他的黑豹，我猜，上了两发红色子弹。

他站着，枪挎在胸前，眯起双眼扫视空地，辨认最轻微的动作。他缓慢转动，绕了一整圈，就像灯塔，准备好了保卫自己，抵抗任何来者。他花了大约一分钟转完整圈。

阿伽门农，共同命运那折磨人的各种变体。[①]

我观察了他多少分钟？他调整了一次头上的

[①] 阿伽门农（Agamemnon），古希腊神话人物，出征特洛伊的希腊军统帅，出征前献祭了自己的女儿，因而回国后被妻子谋杀。"共同命运"指死亡。

毛线帽。右手大拇指没离开保险栓。

在我能闭上嘴之前，在我能感觉到有东西在胸膛升起前，我嚎叫，头后仰，看向星星。

从毁灭中幸存的人和物只能在下辈子创造故事。

令我嚎叫的是这个真相的无助、孤独和不可改变。

"过来，国王，过来！"

"谁能活得比为什么久，'男爵'？谁，以及为什么？"

"怎么了？你的维卡在哪里？她丈夫在哪里？所以他们把你们赶出来了，嗯？我警告过你的，不是吗？如果想保卫自己，就得待在那里，他妈的待在那里。"

他吻了他的枪，没有微笑。

"我们是他们的错误。"狗说。

"维柯在哪里？妈的！你确定吗？"

"男爵"和狗看着彼此。然后"男爵"再次扫视空地。

"做维柯做的事，你得有种。"他最终说道。

"他的真名是詹尼。"狗告诉他。

"去找她，""男爵"说，"她可以待在我的屋顶下，去把她找来。"

一声枪响。"外套"腰带附近的一把步枪。"男爵"眯起眼睛，立刻把他自己的枪抬到肩头。海风吹到我们的脸上。除此之外，地上的影子一动不动。他把左手肘稳在最高的轮胎上。

我尊重老兵的条件反射。我讨厌的是喇叭。

另一声枪响，这次我们的耳朵听到了嗖嗖声，推进的声音，无法回头之物的噪音。

"男爵"抬头看天，按照维柯的说法，天空里没有骡座这种东西。我跟随"男爵"的凝视，看到两个脏枕头绽开了口，冒着烟的纤维从里面飘落。第三声枪响。枕头是瑞典军队大衣的颜色。

"催泪瓦斯。"杰克非常平静地宣布。

枕头里的填充物成了一片云。

"湿布,""男爵"命令道,"在鼻子和嘴巴前面绑一块湿布。通知他们,国王,快点通知他们。别用尼龙,用棉布或羊毛布——湿布!"

"男爵"扯掉毛线帽,在一个积了雨水的轮胎里把它弄湿,用刀割掉上面织的王冠,然后把帽子拉下来盖住脸。"风也许能帮忙,"他补充说,"看在基督的分上,地是干的,因此瓦斯会很快上升,看在基督的分上,压低身体,尽可能压低,快,过去通知他们。我会照顾女主人。"

狗在跑开时告诉"男爵",如今这个野蛮时期夺走全世界的一切,同时做出承诺并谈论自由。

我紧跟云朵边缘。每个人都听到了我的警告。瓦斯和"爬行者"一样邪恶。瓦斯的沉默和"爬行者"的缓慢一样邪恶。它无声地把空气变成敌人。

毒药是懒惰的。它推动它所攻击的身体走向自我毁灭。它像绝望那样运作。绝望也是一种毒药。狂热的能量来自受害者。

催泪瓦斯里的氯需要接触湿气、接触水，才能产生主要成分为氯化钠的漂白剂。因此，当安娜从碉堡往外看时，她潮湿的双眼暂时失明，漂白剂如此剧烈地刺痛她的眼球，导致她用拳头猛地摩擦双眼，而氯化钠渗得更深，去攻击她的耳咽管。于是她带着痛苦跪倒，爬出碉堡，朝云雾似乎不那么浓重的衣领处爬去。

看着这个求我待在她身边的老妇人，想起了喇叭，并感觉到自己眼中第一下剃刀般的刺痛，我想问维柯，是不是懒惰并非懦弱的父母。维柯认为自己是懦夫，但他不是。我跑过黑暗，吠叫着他的名字："维柯！维柯！"有些地方，狂风卷进污秽的瓦斯，把它撕扯成肮脏的轻纱，飘向上方。"维柯！"然后，我听到了他压低但确切无疑的嗓音，他在这有毒空气中的蝴蝶嗓音："复归，国王！复归！"

有些地方，风折叠了瓦斯，在这里把它变薄，在那里把它增厚，在一片空地，我觉得我认出了

"外套"的右口袋，只是乔基姆的住处消失了。没有大象尺寸的聚酰胺帐篷了。不再有钉在地上的笑话布告牌了，上面写着：**建筑工地，请勿进入**。只有一扇小心地躺在地上的门和放在上面的一扇窗户。家消失了，然而没有"爬行者"的痕迹。"爬行者"会留下痕迹。

风再次折叠瓦斯，我见到了一堆东西。聚酰胺罩布卷起来，系了一个水手结；一个煤气罐；两个塑料桶；最小的能做浓缩咖啡的机器；乔基姆非常为之自豪的闪亮收音机；还有一个四轮婴儿车。附近，乔基姆正匍匐前进，他把"灾难"塞进他的皮夹克里。这个四肢着地的巨人在干呕，像一个不知道如何正确呕吐的孩子。

催泪瓦斯包含丙二腈，它是一种收缩剂。亚硝酸盐刺激气管，试图让其关闭，它从喉咙开始，顺支气管而下，激发对窒息的恐惧。因为他是巨人，所以乔基姆的身体反应尤为剧烈。他完全不知道他在哪里。我用力拽他，把他带去衣领。我们差不多瞎着眼到达可以稍微轻松一点呼吸的地方。我们躺在地上，靠得很近。

透过黑暗，我们能远远听到喇叭声："疏散到1000号公路上，那里的空气是干净的，你们会被领到交通工具上，车子一直在等你们，别再拖延了。我们叫你们这么做是为了你们……"

喇叭声突然中断，因为"男爵"用他的野猪子弹开了一枪。经过了一分钟的完全寂静，喇叭喊道，"所以你们是要自讨苦吃——是吗？"

这是在折磨、强奸或杀戮前最常见的句子。这我是知道的。在这个场合，它宣布一个组织混乱的行动即将开启最后的笨拙阶段，行动目的是把非法占领者从被买下用来投资的土地上赶走。我依然能闻到硫磺和氨的气味。我问自己，我应该把这个依然失明并且偶尔哮喘的巨人带去哪里。我像闻到一种引路气味那样想到这个念头。我要把他带去"波音飞机"那里。它在不到300米之外。我们得绕过许多个瓦斯团，我能看见它们，我会领着他。在某个时刻，我叫他骑在我身上，就当我是头骡子。他照做了，双脚触及地面，我足够强壮，驮得动他。

从一团瓦斯里跟跄跄出了索尔，他双臂伸向前方，免得撞上恶魔，脸在流血。两个男人都太谨慎了，不肯张嘴说一个字。他们看向我，眼睛眯起。"波音飞机"面朝大海，风从海边吹来，它又处于凹陷中，再加上由于我们所处的土地干燥，瓦斯在上升，所以我坚持要过去。通常我会有很多疑问。今晚，巨人和退休屠夫的痛苦如此逼近，以至于没有疑问的空间。如果我把他们留在原来的地方，他们可以活下来。然而我突然生出一种奇怪的不成形的想法，如果我们到达"波音飞机"，就能去一个更好的地方。

我们继续前进，赶上了阿方索，他把帽子盖在脸上，吉他箱背在背上。巨人爬下我的背，歌手用一条手臂扶着他。依然没人说一个字。我领着的三个男人无比沉默，就像影子在完全的黑暗中是隐形的。

如果我没在带路，他们本可能被安娜绊倒，她穿着黑外套趴倒在地。

"没时间去死。"我轻咬她的耳朵。

"去杀人。"她喘气说。

"起来！"我说。

"今晚掐死一个。"她说。

我没跟她说维柯。我把她往前推。

我们终于到达了"波音飞机"。他们四个坐着滑下斜坡，依靠共同默契，依靠生存本能。下面空气纯净，也非常黑。云层遮蔽了月亮。玛拉克和利贝托有相同的想法，已经安顿下来了。他们没有摘下按照"男爵"的指示戴上的破布口罩。没人说话。这不再是因为他们得保持谨慎，不能吸入空气，而是因为当一切都失去时，时间停止了一会儿，而说话需要时间。

时间对我来说停止了，这也就是为什么我躺在那里喘气，而不是直接去找维卡。我再次生出那个奇怪的不成形的想法,即我们所有人,包括维卡,能去一个更好的地方。

"你们有人在下面的'波音747'里吗?"上面传来丹尼的声音。

"有。"玛拉克说。

丹尼把他的打火机打亮,小心翼翼地走下来。他看起来状态不错,一定以某种方式避开了催泪瓦斯。

"你们听过这个吗?"他问。

沉默。

"你们没人听过这个?"

他躺在其他人摊开四肢的地方。

"一辆车停在红绿灯前,一个人走过来找司机,非常不安地对他说,'先生,你的车正在吐出烟雾!''真的吗?'司机说,'什么牌子的烟?'"

"你见到你的住处了吗?"利贝托问丹尼。

"我见到了。"丹尼说。

这是说出的最后的话。他们七个等待着,躲

在"波音飞机"里,四肢摊开坐在地上。我不知道他们为什么等待。一片漆黑。利卜赫尔完成了一大半任务。警卫们很快就会展开搜索。巴士在那边准备把他们带走并分开。他们的眼睛在灼烧。他们等待,因为他们不知道去哪里。他们轻松地呼吸。下一次呼吸是有把握的。在下一次呼吸之后,他们不知道去哪里。所以他们等待。

在"波音飞机"里,他们知道彼此的存在,这比单独待着要好。他们不知道去哪里。安娜大声吐痰。乔基姆开始咳嗽。丹尼开始颤抖,牙齿咔嗒作响。玛拉克把她的披肩盖在他身上。索尔清了好几次喉咙,好像要讲话。乔基姆的咳嗽变得越来越干,像是吠叫。这让我吠叫起来。

吠叫是摆脱瓶子后发出的声音,说着"我在这里"。瓶子是沉默。沉默被打破了,吠叫宣布,"我在这里"。

乔基姆的咳嗽再次如吠叫般响起。阿方索吠叫。他者的吠叫刺激你的耳朵,压住你的舌头,强迫下巴张开做出回应:"我在这里!"索尔吠叫,吐出他吞下的邪恶瓦斯。玛拉克吠叫,转动手指上的戒指。他们不知道去哪里。他们就像我。利贝托吠叫。他们就像我。

过了一会儿,你忘记你在吠叫,当这件事发生时,你听见他者,你听见吠叫的合唱,尽管它们一个都没改变并且每个都很独特,如此独特以至于令人心碎,吠叫声现在却说着不同以往的话,它正说着,"我们在这里!"而这个*我们在这里*唤醒了一段几乎死去的记忆,它就像在夜风的帮助下复燃的死灰,这段记忆是关于狗群、关于恐惧、关于森林以及关于食物的。

他们躺在那里吠叫,我听着他们的吠叫声的名字:狸犬丹尼,乔基姆,索尔,玛拉克,安娜,阿方索,狐狸犬利贝托。蜷缩在"波音飞机"的尘土凹地中,他们一无所有,就像我一无所有那样。我们没有区别,我们都在吠叫。

我在他们前头带路似乎更好,这是第一次。

月亮躲在看不见的云的碎片后,夜色漆黑。他们会跟上,因为他们会聚成一群,彼此触碰,鼻子挨着侧腹,耳朵被尾巴蹭到,在身后的黑色中留下一缕尘土。他们会跟上。

我们爬出"波音飞机",我赶去衣领找杰克和维卡。他们两个一定在我们到达前很久就听见了我们的喊声,因为他们在轮胎堆旁准备就绪,等着我们。

维卡,来自马德雷山脉^①的巨型无毛犬,带着你那搜索松露的鼻子、紧绷的眼睑,过来,到我身边奔跑,带领阿兹特克死者前往冥界的,正是我亲爱的无毛犬。

凌晨时分的城市附近,一群奔跑且吠叫的野狗令人胆怯。用法玛斯扫射一次就足以驱散狗群,让他们中大多数痛苦地倒在地上呻吟。然而幽灵的古老记忆可追溯到非常遥远的过去,导致警卫忘记了他有一支突击步枪。

---

① 马德雷山脉(Sierra Madre),墨西哥的系列山脉。

当他想起来并把法玛斯从肩膀取下时，科丽娜和维柯加入了我们，我们猛地转向东边，因此警卫盲目地向黑暗开火，那里没有人也没有东西。

维柯，我们的侏儒猎鹿犬。

科丽娜，和竹竿一样瘦，不吃饭，科丽娜，年轻时吸海洛因，从不吃饭，科丽娜，有着最长的鼻子的萨路基犬，奔跑时鼻尖抬起，好像她在微笑，而不是在嗅胶水。

大丹狗杰克。

我领他们走小径前往海边。我们缓步慢跑。我们脱离了危险。他们的爪子齐声撞击地面的节奏减轻了他们的疲惫。跟着他们自己的音乐，即使是老人也能整夜跳舞。

他们尺寸不同的脚、他们纤弱的炮骨、他们的肘部把荒地一块块推开，每走一步，进入空中的跳跃都更坚定一点，落到地上的时间也更短暂一点，因此空气变得像是承载他们的音乐。天空如此黑暗，与瓦砾和矿渣脸贴着脸，黑暗把手放在他们的肩隆和尾部,因此兽群失去了痛苦的记忆,仅仅倾听自己的暴怒和欲望的敲击。

我们的舌头伸在外面,以此摆脱汗水里的盐分。

我相信这一切,直到我们到达河流以及覆盖着草的桥,从那里一切都倾斜着降入大海。从这座桥的高处,我第一次回头看,发现没人在我身后。我单独逃离了"波音飞机"。

利贝托、玛拉克、杰克、科丽娜、丹尼、安娜、乔基姆、索尔、阿方索、维卡和猎鹿犬维柯,依然躲在"外套"的残余物中。话语的欺骗性。不,我再次纠正自己。每三句话里至少有一句是真心话。

在山上的圣玛利亚教堂里,在圣洗池旁的大理石地板上,我曾发现这些:

瓷圣洗池

在瓷碗之上

双臂张开的

　　瓷基督

　　比手指高不了多少

　　而制造者蘸满蓝色的刷子

　　顺着他的长袍

　　描绘左侧

　　暗得像血

　　蓝得像祈祷

我正躺在河流另一边的草地上,我不知道时间有多晚了。

你,维卡,亲爱的你,曾蓝得像祈祷。

如今没有臂膀可供依偎。

KING: A STREET STORY

by John Berger

Copyright © JOHN BERGER, 1999 and JOHN BERGER ESTATE

This simplified Chinese edition published in 2022

by Shanghai Bookstore Publishing House, Shanghai

through Bardon-Chinese Media Agency

ALL RIGHTS RESERVED

图书在版编目(CIP)数据

国王:一个街头故事/(英)约翰·伯格
(John Berger)著;徐芳园译. —上海:上海书店出
版社,2022.4
书名原文:King: A Street Story
ISBN 978-7-5458-2147-5

Ⅰ.①国… Ⅱ.①约… ②徐… Ⅲ.①长篇小说-英国-现代 Ⅳ.①I561.45

中国版本图书馆CIP数据核字(2022)第029560号

责任编辑 伍繁琪 范 晶
装帧设计 汪 昊

国王:一个街头故事
[英]约翰·伯格 著 徐芳园 译

出　　版	上海书店出版社
	(201101 上海市闵行区号景路159弄C座)
发　　行	上海人民出版社发行中心
印　　刷	苏州市越洋印刷有限公司
开　　本	787×1092　1/32
印　　张	7.375
字　　数	90,000
版　　次	2022年4月第1版
印　　次	2022年4月第1次印刷

ISBN 978-7-5458-2147-5/Ⅰ·538
定　　价　58.00元